I SUOI DUE DESIDERI

Da
Alex McAnders

AF430964

McAnders Books

****

I personaggi e gli eventi in questo libro sono fittizi. Ogni somiglianza con persone reali, vive o morte, è casuale e non voluto dall'autore. La persona o le persone ritratte sulla copertina sono modelli e sono in nessun modo associati con la creazione, il contenuto o la materia oggetto di questo libro.

Tutti i diritti riservati. Nessuna parte di questo libro può essere riprodotta in qualsiasi forma o con qualsiasi mezzo elettronico o meccanico, compresi i sistemi di stoccaggio e di recupero informazioni, senza autorizzazione scritta da parte dell'editore, eccezion fatta per un critico che potrebbe citare brevi passaggi in una recensione. Per informazioni contattare l'autore all'indirizzo: Alex@AlexAndersBooks.com

Diritto d'autore © 2024

Sito Ufficiale: www.AlexAndersBooks.com
Podcast: BisexualRealTalk
Visita l'autore su Facebook
all'indirizzo: Facebook.com/AlexAndersBooks
Prendi 5 libri gratis quando ti iscrivi per la mailing list
dell'autore all'indirizzo: AlexAndersBooks.com

Pubblicato da McAnders Publishing

Libri di Alex McAnders

Gay Romance

Guai Seri; Libro 2; Libro 3; Libro 4; Libro 5; Libro 6
I guai di un matrimonio mafioso; Libro 2

*****

Storia d'Amore Bisessuale MMF

L'Uragano Laine; Libro 2; Libro 3; Libro 4; Libro 5;
Libro 6
Regole per le sculacciate
Prima che fosse famoso; Prima che Fosse Famoso:
Prequel
La Sua Miglior Pessima Decisione
La Musa
Libro 2; Libro 3; La Delizia dell'Isola
La Bella e le due Bestie
Il Suo Cappuccio Rosso
La Prima Volta di Aladino; I Suoi Due Desideri; Libro 2
Dolceamaro
Bane; Bane: Prequel
Al Chiaro di Luna

*****

Gay Romanzo Erotico

La Prima Volta di Aladino; I Suoi Due Desideri; Libro 2
Baby Boy 1: Sacrificato; Libro 2; Libro 3; Libro 4

*****

I SUOI DUE DESIDERI

Capitolo 1

Jasmine

Jasmine era lì, a fissare la porta della sua camera, con il cuore che batteva come un tamburo. Stava iniziando a sudare, le gambe tremavano. Fin da quando era una bambina, indossare il suo abito elegante significava che sua madre le avrebbe detto che lei era la sua piccola bambola di ceramica. A Jasmine non piaceva quando sua madre sottolineava quanto fosse cinese e non le ricordasse invece suo padre arabo, il sultano. Ma il suo abito tradizionale cinese era decisamente utile quel giorno.

Perché proprio quel giorno? Perché era il giorno in cui Jasmine avrebbe finalmente messo in atto la sua fuga. La sua vita da principessa era stata una tortura. Dal giorno in cui era nata, regole restrittive avevano governato ogni suo movimento. Aveva addirittura un istruttore che le insegnava come avrebbe dovuto camminare da vera principessa.

In più, ogni giorno per lei era uguale. Si svegliava, le sue ancelle entravano nella sua stanza, la conducevano in bagno, la facevano fare il bagno e la vestivano. Vestita, veniva poi condotta alla sala per la colazione dove mangiava da sola. Da lì, riceveva lezioni quotidiane. Letteratura cinese, letteratura araba, arte e musica. Ma anche nella lezione di musica, non poteva scegliere lo strumento.

Voleva imparare a suonare il pipa dopo aver visto una donna nella loro orchestra reale che lo suonava. Quell'immagine aveva risvegliato la sua percezione del mondo. Mai nella sua vita aveva immaginato che una donna potesse suonare il pipa. E il modo in cui lo teneva, era come se stesse abbracciando un amante.

Jasmine era certa che nessun altro se ne fosse accorto, ma aveva notato come il volto della suonatrice di pipa si contorceva di piacere. Aveva riconosciuto l'espressione repressa della musicista dalla propria quando aveva scoperto cosa succedeva quando si toccava tra le gambe. La musicista provava estasi mentre suonava il suo strumento, e Jasmine lo desiderava per questo.

Ahimè, quello non era lo strumento per la nobiltà, le disse l'istruttore. Doveva suonare il guzheng. Era tradizione, aveva detto l'istruttore. E quando Jasmine si lamentò con sua madre, la donna le parlò delle tradizioni cinesi e poi prese le difese dell'istruttore.

Quell'incidente, in particolare, fece sentire Jasmine completamente impotente, come tutto il resto della sua vita. Ma c'era di peggio: il fatto che ogni momento della sua vita fosse manovrato come una marionetta. C' era la regola che governava tutte le principesse del suo lignaggio: era che nessuno, nemmeno le sue guardie, i suoi istruttori, o gli inviati stranieri, era autorizzato a guardarla negli occhi.

Per i vent'anni della sua vita, gli unici occhi nei quali aveva guardato erano quelli di suo padre, sua madre, la sua tata d'infanzia, e il Visir. Ma, anche se poteva farlo, suo padre la guardava a stento. Raramente erano nella stessa stanza contemporaneamente. Vedeva sua madre più spesso, ma anche lei era impegnata. E, ogni volta che era abbastanza sfortunata da essere lasciata da sola con il consigliere mostruoso di suo padre, il Visir, lui le diceva le cose più vili che potesse immaginare.

Jasmine anelava con tutto il cuore di essere vista da un altro essere umano. Lo desiderava tanto che aveva considerato di salire sulla cima del palazzo e lanciarsi giù. Sarebbe stata vista in quel caso, tutta la città l'avrebbe fatto.

Ma quello che invece aveva deciso di fare era qualcosa di più grande. In una mossa avrebbe ottenuto tutto ciò che aveva sempre voluto, ma anche una vendetta contro i suoi genitori per ogni atto crudele che le avevano mai fatto patire. Jasmine lo aveva pianificato per mesi. Ci aveva pensato per anni. E dopo aver messo in atto gli ultimi preparativi il giorno prima, quello era il giorno in cui l'avrebbe messo in pratica; sarebbe fuggita.

Tuttavia, Jasmine sapeva che, come principessa, fuggire dal palazzo non sarebbe stato facile. Anche se nessuno la guardava mai negli occhi, sapeva che tutti ne conoscevano l'aspetto. Non sarebbe nemmeno riuscita a entrare nel cortile senza trovarsi una guardia a pochi passi da lei. E, se avesse abbassato la testa scappando in fretta, non sarebbe andata molto lontano.

I suoi zoccoli di legno l'avrebbero rallentata. Se li avesse tolti, correndo in calze, avrebbe ancora dovuto occuparsi dei suoi strati e strati di abiti. Sarebbe stata fermata nell'istante. Forse in quel caso, la sua gabbia sarebbe stata ancor più stretta. Non poteva immaginare come la sua vita potesse peggiorare, ma era certa un modo ci sarebbe stato.

No, aveva da tempo capito che un piano di fuga così diretto non avrebbe funzionato. Avrebbe dovuto fare qualcosa che, anche se fosse stata colta, l'avrebbe tirata fuori dal palazzo e l'avrebbe tenuta lì. Avrebbe dovuto convincere le persone a essere altrove, affinché non la costringessero a tornare indietro.

Con il cuore in gola Jasmine allungò le dita a toccare la maniglia della porta della sua camera. Il metallo sembrava elettrico. Tutto intorno a lei pareva più vivo. Era perché era l'ultima volta che avrebbe visto tutto ciò? Forse. Ma, con un ultimo respiro profondo e tutto il coraggio che poteva radunare, girò la maniglia della porta della sua camera e uscì nel corridoio.

Mentre la luce la illuminava, si guardò attorno. Appena lo fece, gli occhi sorpresi delle guardie si abbassarono. Non era impossibile che Jasmine lasciasse la sua stanza dopo cena, ma era raro. Se l'orchestra reale non suonava, si perdeva generalmente nella lettura di un libro su luoghi lontani. Dopotutto, nella vita reale, era una prigioniera. Nella sua immaginazione e nei suoi libri, invece era libera.

"Seguimi da lontano," ordinò Jasmine con autorevolezza indiscutibile.

"Sì, altezza," rispose il corpulento uomo barbuto.

In ogni caso, aveva osservato Visir parlare con un uomo. Da quello che poteva vedere, era un uomo estremamente affascinante. E, nella sua memoria, Visir gli stava parlando del suo laboratorio. Parlavano di un passaggio che Visir voleva far costruire. Jasmine pensava che quell'uomo fosse un architetto del palazzo, ma c'era qualcosa nel modo in cui era vestito che le diceva che non era così.

Chiunque fosse quell'uomo attraente, Visir gli aveva spiegato in dettaglio come voleva funzionasse la porta d'emergenza. Visir desiderava una porta che si aprisse su un corridoio. Quel corridoio avrebbe portato a due posti, uno molto sotto il palazzo. L'altro era una piccola porta che si apriva oltre le mura del palazzo. Jasmine doveva essere certa di non averlo sognato. Prima di poter agire per il passo successivo del suo piano, doveva essere certa che fosse vero.

Jasmine attraversò la stanza senza toccare nulla. Non voleva che Visir sapesse che era stata lì. Presto, la sua scomparsa gli sarebbe stata evidente, insieme al suo percorso nei corridoi e avrebbe capito. Ma, fino ad allora, Jasmine avrebbe avuto il tempo di allontanarsi il più possibile dal palazzo. Non sapeva quanto lontano potesse andare, e nemmeno come fosse il mondo fuori dalle mura del palazzo, ma voleva scoprirlo.

Riproducendo le parole di Visir nella sua testa, raggiunse una lanterna attaccata alla parete. Sembrava identica a tutte le altre, ma Visir aveva detto che doveva essere indistinguibile. Mettendo la mano sulla staffa di metallo che sporgeva dalla pietra, la spostò verso l'alto. Si mosse, cosa che dovrebbe accadere a ogni lampada da parete, ma molto meno di quanto si aspettasse.

Un rimbombo alla porta echeggiò e la interruppe. Le venne la pelle d'oca.

"Vostro onore, mi dispiace disturbarla. Sto cercando la Principessa. È con lei?"

Quello era il momento a cui Jasmine pensava sin da quando aveva escogitato il suo piano. Fortunatamente, o forse sfortunatamente, la voce di Visir era rimasta impressa nella sua mente. Conosceva il modo inquietante in cui cambiava di tono. Sapeva imitarla. Almeno pensava di saperlo fare.

"Non disturbarmi mai quando sto lavorando. Mai!" disse Jasmine in tono sarcastico.

"Mi scuso, vostro onore. La cercherò altrove, vostro onore," rispose la guardia prima di tacere.

Jasmine aspettò e si mise in ascolto. Non sentì più nulla. Ciò significava che se ne era andato? La porta era di nuovo chiusa? O non era stata convincente e lui avrebbe provato ad entrare?

Mentre Jasmine fissava la porta, non successe nulla. Non ci furono altri colpi e la guardia non provò ad aprire la serratura. Almeno per qualche altro attimo, era al sicuro.

Sentendo il tempo scorrere via, si mise in azione. Con il suo lungo mantello da una parte, guardò verso il basso i suoi abiti. Indossava i pantaloni. E non solo le sottovesti che a volte indossavano le donne arabe, veri pantaloni da ragazzo. In più, indossava una camicia senza colletto tradizionale e un gilet. Dal collo in giù, sembrava un ragazzo. Sfortunatamente, c'era solo una cosa che avrebbe sicuramente tradito la sua vera identità nella società musulmana cinese: i suoi capelli. I suoi lunghi, folti, lussureggianti capelli.

Jasmine aveva pensato di indossare un cappello come parte del suo travestimento, ma cosa sarebbe successo se l'avesse perso? Il suo travestimento sarebbe stato immediatamente scoperto. No, c'era solo una cosa che poteva fare se voleva davvero sfuggire alla prigione in cui viveva.

Estraendo le forbici dalla fascia intorno alla sua vita, le afferrò con una mano e con l'altra prese in mano i suoi capelli. Non avrebbe voluto farlo. L'unico complimento che sua madre le aveva mai fatto da bambina riguardava i suoi capelli. Per quanto Jasmine sapesse, era l'unica cosa bella che aveva. Ma, se voleva vivere, veramente vivere, avrebbe dovuto lasciare andare tutto ciò a cui teneva. Con questo, Jasmine strinse e la sua coda di cavallo che le si staccò tra le mani.

Cosa aveva fatto?

Jasmine non si aspettava che le lacrime le riempissero gli occhi. Ma suo padre aveva sempre detto che la bellezza di una ragazza cinese risiede nei suoi capelli. Lo stesso si poteva dire degli uomini cinesi. Ma, fuori dalle porte del palazzo, non avrebbe cercato di passare per nessuno dei due.

L'unico modo in cui poteva vivere, veramente vivere, era come un ragazzo. Come aveva letto nei suoi libri, le ragazze libere avevano appena più libertà di lei. Ma un ragazzo, tiene il mondo nelle sue mani come una splendida perla. È quello che voleva. E, per avere una chance, avrebbe dovuto liberarsi della sua coda di cavallo.

Quando Jasmine ebbe finito, non dovette più coprirsi il viso per nascondersi. Guardando dentro una delle pentole di rame di Visir, non riusciva a riconoscersi. Era un ragazzo, non c'erano dubbi su questo. Jasmine avrebbe potuto darsi dai tredici ai quindici anni. Ma, non c'era modo che le persone la vedessero ancora come una bambola di porcellana. Quella parte della sua vita era finita.

Raccogliendo i capelli e tutti i suoi effetti personali in un mucchio, si avvicinò di nuovo alla lanterna da muro. Questa volta tirò con forza. Se non avesse aperto una porta, sarebbe caduta dal muro. Fu allora che un pannello nella parete si aprì. La porta non era leggera e richiese un altro strattone sulla lanterna per aprirsi completamente. Ma quando fu aperta, Jasmine fu pervasa da un senso di sollievo che la riscaldò nel profondo.

Stava riuscendo. Stava per essere libera. Si sentiva benissimo, avrebbe potuto mettersi a cantare. Non lo fece.

Fissando il corridoio di fronte a lei, l'unica cosa che riusciva a notare era l'oscurità. Era l'oscurità più profonda che avesse mai visto. Dopo aver fatto un passo avanti, si ritrasse. Non c'era modo che potesse attraversarlo così com'era. Avrebbe avuto bisogno di luce.

Cercando nel laboratorio del Visir trovò qualcosa che non si sarebbe mai aspettata di vedere. Appoggiato contro il muro c'era un cesto pieno di lacrime d'oro. Brillavano alla luce della lanterna. Sapeva che avrebbe avuto bisogno di qualcosa di prezioso in città e poteva solo immaginare quanto valesse una di quelle lacrime d'oro.

"No, Jasmine. Lui è il maestro della moneta del regno. Prendine anche solo una e saprà che è scomparsa. Trova una lanterna e vai."

Con riluttanza coprì il cesto e proseguì, Jasmine trovò una torcia scartata nel fondo di un altro cesto. Non era sicura se il Visir potesse farne a meno, ma che scelta aveva? Questa o niente.

Con le braccia ancora piene dei suoi averi, Jasmine accese la torcia, entrò nel passaggio oscuro e chiuse il pannello del muro dietro di lei. Camminando, aveva l'impressione di avanzare all'infinito. Girando a sinistra e poi a destra, non sapeva se sarebbe finita all'esterno o più a fondo nelle viscere della sua prigione. Ma quando il suo percorso finì davanti a una porta sostenuta da un chiavistello di metallo, azionò la maniglia, aprì e puntò gli occhi sull'immagine più abbagliante che avesse mai visto.

Di fronte a lei c'era quella che poteva solo essere descritta come la libertà. Ce l'aveva fatta. Dopo vent'anni di prigionia, Jasmine era finalmente libera.

Gli occhi di Jasmine si riempirono nuovamente di lacrime. Questa volta non sapeva perché. Era la gioia per la sua nuova libertà? Era la tristezza per ciò che stava lasciandosi alle spalle? Era a causa della tempesta di emozioni che l'aveva assalita all'improvviso? Non lo sapeva. Quello che sapeva, però, era che era libera e doveva continuare a muoversi per rimanere tale.

Uscendo e chiudendo la porta dietro di sé, le crepe tra la porta e il muro sembravano sparire. Era anche quella magia? Tenendo la torcia in una mano e la veste e i capelli nell'altra, si voltò di nuovo verso la città illuminata e iniziò la sua nuova vita.

Attraversando la distanza tra il muro e la città, Jasmine rimase sbalordita dal panorama. L'aveva visto dal balcone della sua camera da letto, ma non avrebbe potuto immaginare come apparisse da vicino. Le piccole strutture di legno con i loro tetti di tegole risplendevano di vita. Più si avvicinava, più veniva avvolta dai profumi e dai suoni della città. L'aria profumava come un balletto di spezie. E la città risuonava di risate e d'amore.

Camminando tra le piccole case calde, Jasmine si perse nell'immaginare cosa stesse succedendo all'interno. Come interagivano quelle famiglie? Ballavano insieme? Ne aveva letto in storie di terre straniere. Era quello che faceva la gente comune? Non sapendolo, il suo cuore soffriva desiderando scoprirlo.

Sebbene sapesse che avrebbe dovuto scappare il più lontano e il più velocemente possibile, non corse. Per tutta la notte, camminò tra tutte le case e le strutture rumorose chiedendosi come sarebbe stato entrare. Doveva essere davvero stupendo.

Tuttavia non entrò. Come avrebbe potuto? Non sapeva nemmeno come si cammina dentro un locale dove si beve. Il suo istruttore di movimento gliel'aveva mai insegnato.

Mentre le luci delle piccole case di legno si spegnevano, Jasmine si rese lentamente conto di qualcosa a cui non aveva davvero pensato quando stava progettando la sua fuga. Ora che era libera dalla sua prigione, dove avrebbe dormito?

Poteva bussare alla porta di qualcuno e chiedere un letto? C'erano locande nei dintorni? Se c'erano, come avrebbe pagato? In effetti, come avrebbe pagato per qualsiasi cosa? Jasmine ripensò al cesto di lacrime d'oro che aveva visto nel laboratorio del Visir. Quante notti una di quelle lacrime le avrebbero pagato?

Dopo un po', pensarci diventò troppo per lei. Jasmine aveva solo bisogno di un posto dove dormire. C'erano molti vicoli vuoti tra le case e gli edifici. Trovandone uno dove il terreno era morbido, Jasmine si sedette con la schiena contro il muro. Avvolgendosi il mantello attorno al corpo per tenersi al caldo e lontana dagli sguardi, si ripromise di chiudere gli occhi solo un attimo prima di addormentarsi.

"Svegliati, teppista di strada," sentì Jasmine dire prima di sentire un calcio che la colpì dritto nelle costole.

"Ahi!" esclamò irritata mentre saltava fuori dal suo mantello. "Mi hai fatto male!"

"Se non vuoi essere calciato, allora non dovresti dormire per strada."

"Non c'era altro posto dove andare," protestò Jasmine indignata.

"Pensi che sia un mio problema? Vattene," disse l'uomo prima di darle un altro calcio.

"Ahi! Ahi!" disse Jasmine fuggendo via.

"E dove l'hai rubato quel mantello?" disse l'uomo indicando il suo lussuoso mantello.

"Non l'ho rubato. È mio," dichiarò Jasmine senza pensarci.

"Tuo? L'unico che potrebbe possedere qualcosa di così costoso potrebbe essere una principessa. Sei tu la principessa, ragazzo?"

Fu allora che gli occhi e la mente di Jasmine si schiarirono. Guardò negli occhi quell'uomo paffuto… Lo guardò negli occhi, e lui ricambiò lo sguardo. La stava vedendo. Era la prima persona a vederla davvero. Era incredibile.

"Vattene da qui," disse di nuovo il negoziante prima di tirare indietro il piede e farlo volare contro il suo sedere.

Quando la colpì, sollevò il piccolo corpo di Jasmine in aria e lo depositò a pochi centimetri di distanza. Il calcio le fece male. Molto male. Aveva voglia di piangere. E guardando nuovamente negli occhi il primo nuovo individuo che aveva incrociato in un decennio, notò finalmente quanto esprimessero rabbia. La spaventarono. Doveva andarsene da lì.

Alzandosi, Jasmine fece tutto il possibile per trattenere le sue emozioni. Raccolse velocemente la vestaglia, ma si fermò quando l'uomo fece un passo avanti e si fermò sul lembo.

"No, Principessa, la vestaglia non è tua. La restituirò al legittimo proprietario." L'espressione sul suo volto si tramutò in un sorriso ironico. "E, se non lo troverò, la venderò per farmi un bel profitto."

'Aspetta, la vestaglia ha valore. Posso venderla,' si rese conto Jasmine.

"Posso vendertela se la vuoi," disse Jasmine, rendendosi all'improvviso conto di quanto fosse affamata.

"O, posso prenderla in cambio di risparmiarti la vita."

"Non puoi semplicemente portarmela via," disse Jasmine, confusa dal suggerimento dell'uomo.

"Oh davvero, guardami," disse l'uomo con una oscurità che Jasmine non avrebbe mai potuto immaginare.

Il negoziante si avventò su Jasmine con ferocia. La colpì mentre alzava le sue braccia sottili per proteggersi. Si chiedeva se stesse per morire, ma quando un colpo le arrivò in testa, ne fu sicura.

L'unica cosa a cui riusciva a pensare era come avrebbe potuto farlo smettere. C'era un solo modo che veniva in mente. Doveva gridare chi era. Doveva dirgli che era la Principessa.

"Ehi! Ehi! Lascialo in pace," gridò un'altra voce da lontano. I colpi cessarono. Cosa era successo? Si chiese Jasmine. I colpi stavano per ricominciare?

"Tieniti fuori da questo, straccione," disse l'uomo paffuto in direzione di quella voce.

Fu allora che Jasmine alzò la testa e guardò il suo aggressore. Era distratto. Quello era il momento di fuggire. Sgattaiolando via, tentò di afferrare la vestaglia mentre se ne andava.

"No, non lo farai," disse di nuovo l'uomo mettendo il piede sulla stoffa. "Lasciala," disse la nuova voce a Jasmine.

"Ma è mia," disse Jasmine mentre si girava verso chiunque stesse parlando.

Quando lo guardò, Jasmine rimase ferma. Era un ragazzo della sua età. Era abbronzato e a torso nudo. Era il ragazzo più bello che Jasmine avesse mai visto.

Fu allora che lui la guardò. I loro occhi si incontrarono e in quel breve istante, era come se una vita di solitudine fosse svanita.

"Basta, lascialo andare. Che se la tenga. Non ne vale la pena," disse il ragazzo con compassione.

Fu su sua incitazione che Jasmine allentò la presa e lasciò andare l'ultimo residuo della sua vecchia vita. Alzandosi, il ragazzo la fece andare da lui.

"Vieni," disse, agitando la mano. "E tu," disse, spostando la sua attenzione sull'uomo possente. "Ricorda, nulla ti appartiene, tutto appartiene solo ad

Allah. Andiamo," disse il ragazzo, non togliendo gli occhi di dosso all'uomo mentre lentamente si ritirava.

Gli occhi di Jasmine balzarono tra il ragazzo che aveva deciso che avrebbe seguito ovunque, e l'uomo che l'aveva aggredita. Quando l'uomo prese il suo nuovo premio e domandò, "Questo è un capello?" Jasmine smise di voltarsi indietro.

Sentendo il tocco della mano del ragazzo sulla sua spalla mentre la guidava via, il suo corpo si mise a fremere.

"Dove hai preso una vestaglia piena di capelli?" chiese il ragazzo con una risata.

La stava guardando di nuovo, e per lei questo era davvero ipnotico.

"Non vuoi dire, eh? Va bene. Abbiamo tutti dei segreti. Io sono Aladdin, per inciso."

Jasmine non riusciva a parlare anche se avrebbe voluto.

"Cosa? Non hai un nome?"

"Certo che ho un nome," disse finalmente sputando qualcosa fuori.

"Parla," disse Aladdin con una risata. "Allora, qual è il tuo nome, ragazzino?"

"Non sono un ragazzino," protestò Jasmine non volendo dargli l'impressione sbagliata su di lei. Voleva solo che avesse la giusta impressione.

"No, vedo. Sei un uomo forte. Guarda quei muscoli," disse con il sorriso più brillante.

Jasmine guardò il ragazzo incerta su cosa stesse succedendo. Era così che i ragazzi parlavano tra loro? Nessuno le aveva mai parlato in quel modo. Non sapeva cosa pensare tranne che le piaceva.

"È vecchio come te," disse Jasmine.

"Davvero?" disse Aladdin dubbioso.

"Lo è."

"E, come ti chiami?"

Jasmine pensò per un momento. "Il mio nome è… Jamar," disse pronunciando la prima cosa che le venne in mente.

"Jamar?" disse Aladdin con un sorriso. "Va bene, affascinante," disse pensando al significato del nome.

"Sì, esatto, Jamar."

Jasmine non aveva intenzione di dire quel nome. Aladdin aveva ragione, tutti sanno che Jamar significa affascinante. Non sapeva perché l'avesse detto finché non guardò di nuovo negli occhi del bellissimo ragazzo.

"Allora, Jamar, hai fame?" chiese Aladdin con aria sicura.

Jasmine sentì lo stomaco brontolare. "Sì, ho molta fame."

"Sono passati alcuni giorni, eh?" chiese Aladdin casualmente.

"Alcuni giorni?" chiese Jasmine, sorpresa. "No."

"Bene, in ogni caso, mi sembra che sia l'ora di colazione."

"C'è del cibo? Dove troviamo del cibo?" chiese Jasmine, entusiasta.

"Il cibo è ovunque. Basta guardarsi intorno."

Erano entrati nel mercato. Jasmine guardò le molte bancarelle e i pani e le frutta che contenevano.

"Dobbiamo solo scegliere quello che vogliamo?" chiese, incerta su come funzionasse.

Aladdin rise. "Di dove sei?"

Fu allora che Jasmine tossì e abbassò la voce. Stava sbagliando tutto. Non poteva essere così ingenua.

"Vengo dalla città accanto. Le cose vanno diversamente laggiù."

"Quindi, lì si passeggia per il mercado prendendo tutto ciò che si vuole?"

"No. Certo che no. Voglio dire, sì!" disse con una certa realizzazione. "Sì, passiamo semplicemente e lo rubiamo."

"Come hai rubato la vestaglia?"

"Come ho rubato la vestaglia, l'ho solo vista e l'ho presa."

"Quella persona la indossava quando l'hai presa?"

"Sì."

Il sorriso di Aladdin scomparve per la prima volta.

"Voglio dire, no. Era in un negozio. Mi piaceva e l'ho presa. Ecco perché ho dovuto venire qui, per sfuggire al negoziante."

Aladdin la fissò mentre valutava la sua storia. Ci volle un attimo ma il sorriso di Aladdin ritornò. "Nulla appartiene a nessuno, solo ad Allah, giusto?"

"Giusto," disse Jasmine, sorridendo per la prima volta.

"Allora, che ne dici se andiamo a prenderci qualcosa per colazione?"

"Andiamo."

Aladdin guardò Jasmine e si fermò. "Perché non ti lascio fare la strada questa volta. Vediamo un po' di quelle tue fantastiche abilità nel rubare."

Era una prova. Jasmine lo sapeva. C'era qualcosa nella sua storia che Aladdin non credeva e le venne data una sola possibilità per dimostrargli quanto valeva. Doveva farlo. Ma come? Non aveva mai rubato nulla in vita sua. Non era nemmeno mai stata in un mercato prima d'ora. Non aveva idea di come funzionasse tutto questo.

"D'accordo," disse Jasmine sapendo che doveva farlo. "Lasciami solo decidere cosa."

"Che ne dici di un pezzo di pane? Un po' di pane è sempre buono per colazione."

"È quello che ho sempre," disse lei, dicendo tutto ciò che doveva per convincere il suo nuovo bell'amico.

"Bene, allora per te sarà un gioco da ragazzi. Io starò solo a guardare," disse Aladdin apparentemente divertendosi.

"Sì. Farò tutto da solo," disse lei sentendo il suo cuore battere fragorosamente.

"Sei nervoso?" chiese Aladdin, divertito.

"No. Perché dovrei essere nervoso?"

"Non lo so. Perché dovresti esserlo, Jamar?"

Jasmine poteva sentire Aladdin sul punto di smascherarla. Doveva fare qualcosa in fretta. "Non lo so. Nessun motivo," disse Jasmine, alzando il mento e avviandosi verso il banco.

Per quanto cercasse di apparire sicura, le sue ginocchia tremavano così forte che poteva a malapena camminare dritta. Cosa stava facendo? Non avendo mai visitato un mercato e stava per rubare qualcosa.

Anche se… non importa come si chiamava, non era ancora la Principessa? Non era questo il suo regno, che lo rivendicasse o no? E questo non significava anche che il mercato era suo, che i negozianti lo sapessero o no?

Fu con questo pensiero in mente che Jasmine si avvicinò a un carretto pieno di pane. Ogni fibra del suo essere voleva guardare l'uomo che stava di fronte, ma non lo fece. Lo considerò uno dei servitori che la assediavano quotidianamente. Lei non li guardava mai e loro non guardavano mai lei.

Con il suo mento ancora alto, Jasmine si avvicinò al carretto del pane, esaminò le molte pagnotte che erano lì, ne prese una e si voltò per andarsene. Era semplicemente così… o almeno pensava Jasmine.

Quando sentì una presa ferrea sulla sua spalla, si rese conto che non sarebbe stato così facile.

"Cosa fai con il mio pane?" gridò un uomo panciuto. "Perderai la mano per questo, tu brutto topastro. Guardia! Guardia!"

Jasmine non poteva credere a ciò che aveva pensato. Aveva davvero pensato che sarebbe stato così facile?

Jasmine si voltò e guardò negli occhi il panettiere. Ancora una volta, era uno sguardo arrabbiato. Non aveva mai realizzato quanto potessero apparire arrabbiati degli occhi. Cosa doveva fare? Poteva lasciare cadere il pane e scappare, ma dal modo in cui l'uomo la teneva, non pensava di riuscire a sfuggirgli. "Guardia!" gridò l'uomo di nuovo.

Fu allora che Aladdin, ancora, le venne in soccorso.

"Ehi!" gridò Aladdin correndo verso di loro.

Il panettiere si voltò verso Aladdin, pietrificato alla vista. Tenendo ancora Jasmine per la spalla, allungò l'altra mano per proteggere le sue merci. La destinazione di Aladdin, però, non era lì. Andava direttamente verso il panettiere. Quando l'uomo se ne rese conto, lasciò andare immediatamente Jasmine per proteggere se stesso.

"Corri!" le ordinò Aladdin.

Liberata, Jasmine fece come le era stato detto. Con la pagnotta stretta saldamente tra i seni, Jasmine se ne andò come una freccia. Non si guardò indietro. Sapeva che ora tutti la guardavano e non le piaceva. Ma presto sentì l'attenzione di tutti spostarsi. Un ragazzo era corso verso il panettiere, lo aveva superato all'ultimo secondo, e poi era atterrato sul carretto del pane facendolo rovesciare.

Da lì, il ragazzo era saltato da carretto a carretto rovesciandoli tutti man mano che andava. Le merci volavano ovunque. Si stava creando uno spettacolo. La gente urlava e si lamentava. C'era anche un bimbo che piangeva in lontananza. Era un caos elettrizzante.

Dopo aver corso lungo il mercato, Jasmine tagliò in un vicolo e poi in un altro. Correva come se la sua vita ne dipendesse da quello. E stringeva la pagnotta come se fosse la cosa più importante al mondo, perché, in quel momento, lo era.

Quella pagnotta rappresentava la sua liberazione. Non era più una principessa imprigionata che nessuno guardava negli occhi. Era un ragazzo che tutti guardavano. E il suo amico era quello che le persone guardavano di più. Per quanto fosse terrorizzata, le piaceva tutto ciò che stava succedendo. L'unica cosa che la spaventava veramente era l'idea di correre così lontano che Aladdin non potesse trovarla.

Rallentando, Jasmine guardò indietro. Il mercato ora non si vedeva più. Aveva girato troppi angoli. Cosa doveva fare ora? Come avrebbe potuto ritrovarla Aladdin?

Pensando a tutto ciò, Jasmine si fermò. Era andata troppo lontano? Jasmine, respirando con fatica, si guardò indietro lungo il suo cammino. Cosa stava succedendo laggiù? Doveva tornare indietro? Aladdin era l'unica persona che conosceva in città. E se l'avesse perduto? Sarebbe stato orribile. Jasmine non lo voleva.

Doveva tornare. Doveva trovarlo. Se significava restituire il pane, andava bene. Doveva ritrovare Aladdin. Cosa pensava di fare correndo così lontano? Aveva commesso un errore.

"Stai andando nella direzione sbagliata!" disse qualcuno sopra di lei.

Jasmine, con la paura disegnata sul viso, si guardò attorno in cerca della voce familiare.

"No, non da quella parte," disse Aladdin in tono scherzoso.

Allora Jasmine guardò in su. Era circondata da edifici di due piani. Aladdin stava guardando giù dall'edificio accanto a lei. Il cuore le faceva male. Lui stava bene ed era riuscito a trovarla. Vedendolo, non potè fare a meno di ridere. Aladdin le fece un sorriso affascinante, poi indicò la direzione in cui lei stava correndo.

Jasmine era stupita da quel ragazzo. Come era riuscito ad arrivare lassù? Faceva parte di un circo come quelli di cui aveva letto nei suoi libri? Non lo sapeva ma gli piaceva. Infatti, anche mentre correva al suo passo, non riusciva a smettere di guardarlo. Era incredibile e

Jasmine sentì di nuovo un brivido che aveva raramente provato prima.

L'unica altra volta in cui poteva ricordare di aver provato quella sensazione era quando pensava all'uomo a cui Visir aveva parlato riguardo alla via di fuga. Era molto diverso da Aladdin, ma per molto tempo dopo averlo visto, non riusciva a toglierselo dalla mente. Era il modo in cui l'uomo la guardava nel suo sogno. Sembrava che potesse vedere dentro la sua anima.

Si era sentita nuda sotto lo sguardo dell'affascinante uomo del sogno. E ora, per la prima volta da allora, Jasmine si sentiva di nuovo guardata. Era emozionante.

"Sali," disse Aladdin indicando qualcosa che un tempo avrebbe potuto essere considerato una scala.

"Come?"

"Semplicemente sali."

Jasmine esaminò di nuovo il mucchio di bambù marcio davanti a lei.

"Lancia sù il pane," disse Aladdin attirando la sua attenzione.

Jasmine guardò su verso il ragazzo e fece come le era stato detto. Aladdin aveva ragione a chiedere. Salire era diventato molto più facile con entrambe le mani.

Mentre si arrampicava, l'intera struttura traballava. L'edificio avrebbe potuto crollare da un momento all'altro. Jasmine non riusciva a capire come fosse ancora in piedi. E quando entrò nell'edificio al quale le scale oscillanti un tempo erano attaccate, si chiese come mai fossero ancora in piedi anche quelle.

"Ci sei riuscito?" disse Aladdin con la bocca piena di pane e un sorriso.

"Come sei riuscito a scappare?" chiese Jasmine sedendosi accanto ad Aladdin sul pavimento.

"Ho dei trucchi," rispose Aladdin con più fascino di quanto Jasmine potesse sopportare.

"Avrò un po' del mio pane?" chiese Jasmine scherzando.

"Il tuo pane? Sì, non avresti avuto nessuna possibilità di scappare se non fossi intervenuto. Se non avessi fatto qualcosa, avresti perso la mano," disse lui, orgoglioso di sé.

"Aspetta, davvero sarebbe potuto succedere?" disse, toccandosi il polso.

Aladdin guardò Jasmine confuso. "Da dove vieni?"

"Te l'ho detto. Vengo dalla città qui vicina," ripeté lei nervosamente.

"E come puniscono i ladri lì?"

"Non lo so. Li mettono in prigione."

"Ebbene, in questa città, è…" Aladdin fece il suono di una spada che taglia l'osso. "E questo ti dica quanto sono bravo: guarda, ho entrambe le mani."

"Non mi ero reso conto che qui facessero cose del genere," disse Jasmine, sconsolata.

"Cosa? Stai pensando di tornare a casa?"

Jasmine non aveva seguito il suo ragionamento fino alla sua conclusione, ma considerando ciò che aveva appena appreso e che non aveva soldi, né un posto dove dormire, forse non era una cattiva idea.

"No, non tornerò a casa. Ci sono cose peggiori che perdere una mano."

"Allora dovrai imparare ad essere più scaltro nel rubare. Non puoi semplicemente avvicinarti al carrello e prendere il pane. Non devi farti vedere. Devi aspettare che la persona sia distratta, poi devi afferrare quello che vuoi e andartene. E' così che lo faccio io. E…" Aladdin alzò di nuovo le sue due mani.

Jasmine non rispose. Tutto ciò era molto angosciante per lei. Così, invece, guardò solo il pane, aspettò che Aladdin lo spezzasse a metà e poi mangiò.

"Allora, Jamar, dimmi come hai trovato quella tunica? Non c'è modo che un negoziante lasci entrare qualcuno con il tuo aspetto dentro il suo negozio, tantomeno abbastanza a lungo da prendere qualcosa."

Jasmine guardò Aladdin senza capire cosa intendesse. Che aspetto aveva? Jasmine si guardò per capirlo. Esaminando i suoi vestiti impolverati, si rese conto che Aladdin aveva ragione. Era molto simile a lui. Era per questo che gli uomini l'avevano chiamata topastro di strada?

"Sì, credo tu abbia ragione. Nessuno mi avrebbe mai lasciato entrare nel suo negozio con questo aspetto e la tunica… l'ho trovata. L'ho semplicemente raccolta per terra e l'ho tenuta."

"E i capelli?" chiese Aladdin contento di averlo capito.

"I capelli?"

"Oh, aspetta, faccio io l'ipotesi, li hai presi da un negozio di barbiere?"

"Sì, esatto. Sì, li ho presi da un negozio di barbiere. Deve essere stato del barbiere ed erano buttati lì in un mucchio di capelli. Suppongo che alcuni di essi si siano attaccati quando li ho raccolti."

"Sì, è quello che pensavo. Ricorda bene questa lezione. Non c'è modo di ingannare il vecchio Aladdin" disse, pieno di sicurezza.

"Sì, immagino di no. Sono stato sciocco a provarci," disse Jasmine, divertita.

"Sì, è vero Jamar."

I due rimasero in silenzio mentre continuavano a mangiare. Mentre mangiava, Jasmine osservava Aladdin. Quando lui si accorgeva del suo sguardo, lei rapidamente distoglieva gli occhi. Sperava di non arrossire, ma si rese conto di farlo. Non poteva evitarlo. Lui era diverso da qualsiasi ragazzo che avesse mai conosciuto, e questo non solo perché era l'unico ragazzo della sua età che avesse mai incontrato.

"Mi guardi perché mi trovi strano?" disse Aladdin, dopo averla sorpresa a guardarlo una volta troppo.

“Scusami.”

“No, non c’è problema. Mi fa piacere,” disse Aladdin con un sorriso imbarazzato. “Quindi, dimmi, quella tunica era l’unico motivo per cui hai lasciato la tua città?”

“Cosa intendi?”

“Voglio dire, sembra che tu sia il tipo di ragazzo che potrebbe essere in fuga da qualcosa.”

Jasmine riconobbe che, nonostante avesse detto qualche ovvietà, Aladdin aveva colto nel segno con la sua ultima osservazione. Lei era in fuga da qualcosa.

“Sì, credo di sì.”

“Capisco. È figo.”

“E tu? Come sei finito qui? Stai scappando da qualcosa?”

La sicurezza di Aladdin scomparve alla domanda di Jasmine. “Sono cose diverse, io vivo per strada perché non ho una famiglia. E, potrei stare scappando dalla stessa cosa da cui stai scappando tu.”

Jasmine non capiva cosa intendesse dire. Ma non voleva entrare in domande a cui avrebbe avuto difficoltà a rispondere.

“Cosa è successo alla tua famiglia?” chiese Jasmine con empatia.

“Non lo so. Non ho molti nella memoria. Ricordo solo che mi amavano. E ho questo vago ricordo che i capelli di mia madre avevano il profumo del gelsomino.”

Il cuore di Jasmine si fermò sentendo il suo nome. L'aveva detto appositamente? Sapeva veramente chi fosse lei? Ma, come poteva? Come avrebbe potuto saperlo, dato che non aveva mai lasciato il palazzo?

"Mi stai guardando in quel modo di nuovo," fece notare Aladdin.

"Mi scuso," disse Jasmine distogliendo lo sguardo.

"Va bene," rispose Aladdin, prima di scivolare davanti a lei e passare le dita tra i suoi capelli corti.

Fu in quel momento che Jasmine se ne rese conto. Aladdin non la riconosceva come la principessa. Non la riconosceva nemmeno come una ragazza. Aladdin pensava che fosse un ragazzo e la trattava teneramente per quel motivo.

Non capiva cosa stesse succedendo. Era così che i ragazzi trattavano altri ragazzi quando nessun altro era nei paraggi? La carne fra le sue gambe pulsava all'idea. Aveva l'impressione che Aladdin stesse per baciarla. Poteva lasciarlo fare? Voleva che succedesse. Non aveva mai desiderato niente di più in vita sua. Ma, non sarebbe stato un momento rubato? Un momento destinato ad altri e non a lei?

Senza pensare, Jasmine girò la testa interrompendo quel momento. Il suo cuore si spezzò per averlo fatto. Lo rimpianse immediatamente, ma ormai era troppo tardi.

Visto il suo rifiuto, Aladdin si ritirò. Continuò a cercare i suoi occhi ma lei non tornò a guardarlo. Si vergognava.

Aladdin si spostò con imbarazzato. Jasmine lo guardò chiedendosi cosa avrebbe fatto adesso. Aveva rovinato tutto?

"Hai visto qualcosa della città?" chiese Aladdin cambiando improvvisamente argomento.

"Non molto. Quasi nulla," ammise Jasmine.

"Allora, perché non facciamo un giro? Ti piacerebbe?"

"Sì, mi piacerebbe," rispose, attratta da lui più che mai.

"Allora, vieni," disse Aladdin alzandosi e tendendo la mano.

Jasmine gli prese la mano e si alzò. Lui la condusse fuori da una finestra e sul tetto della casa accanto. Correndo sul tetto con la mano di Aladdin nella sua, si sentiva libera. Il suo tocco la eccitava. Non si era mai sentita così viva. Questo era ciò che sperava quando era scappata dal palazzo e ora lo aveva ottenuto.

I due saltarono da tetto a tetto ammirando le meraviglie di una delle città più grandi del Nord della Cina. Le moschee con le loro cupole dorate brillavano alla luce del sole. E quando la città si fermava per pregare, i due facevano lo stesso, benché nessuno dei due fosse devoto.

Mentre il giorno si trasformava in notte, Aladdin la condusse in una parte della città che Jasmine poteva vedere dal balcone del suo palazzo. Aveva sentito dire che quello era un quartiere pericoloso. Tutto questo la eccitava. Si sentiva spaventata, ma sapeva anche che Aladdin l'avrebbe protetta.

Mentre si avvicinavano alla porta di un locale rumoroso, Jasmine sperava che lui la stringesse tra le sue braccia. Era sicura che, dato che era vestita da ragazzo, lui non l'avrebbe mai fatto. Forse di ritorno nella privacy della sua casa abbandonata, ma non in pubblico. Ma anche solo l'idea riscaldava Jasmine.

"Sei mai stato in un casinò prima d'ora?" chiese Aladdin con un sorriso.

"Un casinò? Che cos'è?"

Il sorriso di Aladdin si fece più luminoso. "Vedrai."

Aladdin si avvicinò alla porta e bussò.

"Cosa c'è?" disse una voce burbera da dentro.

"L'uccello del deserto gracida come il cappello del Sultano," disse Aladdin prima che la porta si aprisse e lui facesse entrare Jasmine.

"Fahim, amico mio. Questo è Jamar. È a posto," disse Aladdin, indicando Jasmine.

L'uomo robusto e baffuto, guardò Jasmine con sospetto. Dopo averla esaminata da capo a piedi, mugugnò. "Non combinare guai qui stasera, Aladdin," disse l'uomo spostando l'attenzione.

"Io? Combinare guai? Mai," esclamò lui, stupito che Fahim potesse mai suggerire una cosa del genere.

L'uomo fissò Aladdin e mugugnò. Aladdin fece entrare Jasmine, che passò davanti all'uomo robusto.

"Entriamo." dichiarò Aladdin con un sorriso vittorioso.

Jasmine si guardò attorno esaminando i tavoli e le persone sedute. La prima cosa che notò fu che erano tutti uomini. Quello era un posto che non avrebbe mai potuto vedere da principessa.

La seconda cosa che notò furono tutti i segni sui tavoli.

"Che cosa sono?" Jasmine chiese, attratta da tutto ciò.

"Quello è il Sic Bo. È un gioco di fortuna. Dimmi, Jamar, ti senti fortunato stasera?"

Jasmine ci pensò per un secondo. Non lo sapeva. Certamente era fortunata ad aver incontrato Aladdin. Ma poteva dirsi fortunata in generale?

"Sì," concluse Jasmine con un sorriso.

"Allora, perché non mettiamo alla prova quella fortuna?"

"Come?"

Girandosi verso Jasmine, Aladdin arretrò urtando un uomo molto ubriaco. L'uomo barcollò e se non fosse stato per Aladdin che lo afferrò, sarebbe caduto.

"Guarda dove vai," biascicò l'ubriacone.

“Mi dispiace davvero,” rispose Aladdin. “Ecco, lascia che ti aiuti,” disse Aladdin tendendogli il braccio.

“Non ho bisogno del tuo aiuto. Un’altra volta stai più attento.”

“Certo. Ti terrò a distanza, ho capito,” rispose Aladdin con un inchino.

Prendendo il braccio di Jasmine, Aladdin la condusse via. “Come si gioca vuoi sapere? Con questa,” disse mostrandole una fiche del Sic Bo.

“Dove l’hai presa?” chiese Jasmine stupita.

“Potrebbe essere che l’ho acquisita da un amico ubriaco che ho incrociato di recente?”

“L’hai rubata?” chiese Jasmine incerta su cosa provare. Rubare del cibo era una cosa. Tutti devono mangiare. Rubare soldi era un’altra cosa.

“Non preoccuparti, la restituirò. La tua fortuna ci farà vincere talmente tanti soldi che potremo comprare questo posto quando avremo finito.”

“Non so se…” esitò Jasmine sentendo lo stomaco brontolare. Non aveva mangiato che metà del panino quella mattina e ora era ben oltre il calar della notte.

“Andiamo, Jamar. Confido in te.”

Jasmine guardò in giro sentendo l’energia della sala piena. Alcuni uomini ridevano e si davano pacche sulle spalle. Altri erano avvinti ai loro bicchieri. E ovunque ci fossero segni di vita che superassero di gran lunga la monotonia controllata attraverso la quale viveva al palazzo.

"Bene. Cosa devo fare?"

"Bravo. Allora, devi prendere questa fiche, avvicinarti a quel tavolo. Poi, devi piazzarla su un numero. Quell'uomo poi lancerà i dadi e se esce il tuo numero, avremo vinto."

"È tutto qui?" chiese Jasmine nervosa.

"Certo," rispose Aladdin con sicurezza.

"Quale numero devo scegliere?"

"Bene, devi semplicemente chiudere gli occhi e scegliere."

"Chiudo solo gli occhi e scelgo?"

"Certo," confermò Aladdin.

Jasmine sentì il cuore pulsare mentre si allontanava da Aladdin e si avvicinava al tavolo. C'era solo un altro uomo lì. Prendendo posto, sentì lo sguardo dell'uomo che gestiva il gioco. Lei lo guardò.

"No grazie. Preferisco guardare per un turno."

"Il tavolo è solo per giocatori," borbottò l'uomo burbero.

"Oh, capisco."

Jasmine osservò tutti i numeri ancora una volta. C'erano tante combinazioni possibili quanto i tre dadi dell'uomo.

"Metti la tua fiche o vattene," disse l'uomo.

"Va bene, sto decidendo," rispose lei, sentendo la pressione. Essendo una principessa, aveva accesso a più soldi di chiunque altro in tutto il regno. Ma, visto che

Aladdin e la loro cena dipendevano da lei, quella singola fiche sembrava la più preziosa fortuna del mondo.

Rasserenandosi, Jasmine mosse la mano sopra il tavolo. Stava pensando al numero 24, ma anche al 3. 17 sarebbe stata la scommessa più sicura. C'erano molte più combinazioni possibili per quello. Ma, ancora, c'era qualcosa nel numero 3 che la attirava.

"Numero 3," disse Jasmine posizionando la sua fiche.

Guardando l'uomo infilare i dadi nel bicchiere, capì quanto fosse pessima la sua decisione. Il dealer avrebbe dovuto lanciare tre 1 perché vincesse. Quali erano le possibilità? I suoi insegnanti non le avevano insegnato molta matematica, ma immaginava che le possibilità non fossero buone.

L'uomo sollevò il bicchiere, lo scosse e fece lentamente rotolare i dadi sul tavolo. Il cuore di Jasmine batteva a mille. Con uno strato di sudore sulla fronte, le mani le sudavano.

"Tre," annunciò l'uomo con enorme sorpresa di Jasmine.

"Ce l'hai fatta," sentì dire alle sue spalle. "Sapevo che ce l'avresti fatta. Ora, scegli un altro numero e scommetti tutto di nuovo," incalzò Aladdin.

"No!" Jasmine protestò sconvolta. "Non posso rifarlo."

"Certo che puoi. Scegli un altro numero."

Jasmine guardò l'imponente quantità di fiches che l'operatore le spingeva davanti. Dovevano essere una ventina. Non c'era modo che potesse giocarle tutte.

"E se ne metto la metà?" propose.

"No. Devono essere tutte," disse Aladdin con un sorriso.

Jasmine si sentiva un relitto. Aveva vinto tanto. Non poteva succedere ancora.

"Andiamo. Fai come hai fatto l'ultima volta. Scegli un numero e gioca," spiegò Aladdin.

Jasmine si voltò di nuovo verso il tavolo. Quale numero sentiva questa volta? Il 7 sembrava buono. O forse il 14. Non lo sapeva.

Beh, Aladdin le aveva detto di chiudere semplicemente gli occhi e scegliere. Ecco cosa avrebbe fatto. Così, chiuse gli occhi e spostò le fiches sul tavolo. Quando li aprì, erano di nuovo sul 3.

"Ah!" gemette Aladdin.

"Cosa? Ho sbagliato?"

"È solo che non si gioca mai due volte lo stesso numero. Porta sfortuna."

"Posso spostarlo?" chiese Jasmine cominciando a precipitare nel panico.

"Le fiches sono messe," disse l'operatore bloccando la mano di Jasmine.

"Ma le ho messe nel posto sbagliato."

"Ormai le hai messe!"

Jasmine ritirò la mano impaurita che le venisse tagliata. Aveva sicuramente commesso un errore. Che cosa stava pensando quando aveva spinto ciecamente le fiche? Aveva rovinato tutto. Aladdin non le avrebbe mai perdonato il fatto di aver perso tutte le loro fiche e l'avrebbe lasciata per strada a morire di fame.

"Tre," disse l'uomo con grande stupore di tutti quelli che erano lì a guardare.

Il cuore di Jasmine fece un balzo sentendo quelle parole. Il rumore intorno a lei si attenuò. Sentì un brusio interiore che sembrava provenire da ogni parte e che lentamente si concentrava in un unico punto.

Si voltò verso Aladdin e lo fissò. Come al rallentatore, lui festeggiava sollevando entrambe le braccia nell'aria. Aveva bisogno di sentirsi toccata da lui. L'idea che lui la stringesse tra le braccia e la baciasse le procurava onde di eccitazione.

Jasmine lo voleva disperatamente. Non le importava più se lui desiderasse Jamar o la ragazza che c'era in lei. Aveva bisogno di essere amata da Aladdin, ed era disposta a fare tutto il necessario per averlo.

"Ci sei riuscito!" esclamò Aladdin eccitato. "Ora, scommetti tutto di nuovo."

"No!" gridò Jasmine, senza nemmeno considerarlo.

"Sei fortunato. Non lo vedi?" spiegò Aladdin.

"Ma sono anche intelligente."

Aladdin rise. "Sì, sei intelligente. Prendiamo la nostra vincita e andiamo."

Raccogliendo le fiche tra le braccia, ne mise una da parte. Notando l'uomo ubriaco da cui Aladdin aveva rubato la fiche, si precipitò da lui e gliela mostrò.

"Penso che tu l'abbia persa," disse Jasmine offrendogliela.

L'uomo ubriaco capì a malapena cosa stesse succedendo. Guardò Jasmine confuso, prese la fiche, la infilò nel suo sacchetto e se ne andò senza dire una parola.

"Ah, stai restituendo vecchi debiti? Bravo, gentile da parte tua. In realtà ci sono alcuni altri debiti passati che dovremo saldare prima di riscuotere le nostre vincite," spiegò Aladdin.

"Certo, a quanto ammontano?"

Aladdin guardò la pila di fiche. Jasmine guardò Aladdin confusa. Dopo aver parlato con la cassiera, la sua confusione si dissolse. Aladdin aveva quasi tanti debiti quanto avevano vinto. Non proprio tanti, comunque. E quando se ne andarono con abbastanza pezzi d'oro da mangiare per un mese, Jasmine considerò l'avventura notturna un successo.

Fuori, camminando per le strade sotto il chiaro di luna, Jasmine premette la spalla contro il suo fianco. Voleva che lui le stringesse le braccia attorno alla vita. E quando lasciarono le strade pubbliche, lo fece.

Il cuore di Jasmine si spezzò quando lui la toccò. Quando arrivarono nella casa abbandonata di Aladdin e sedettero davanti alla finestra a fissare la luna, Jasmine si voltò e si mise davanti ad Aladdin. E mentre la luna proiettava le loro ombre sul terreno, Aladdin si piegò e sfiorò le sue labbra.

Jasmine fu certa che il suo corpo fosse improvvisamente invaso da formiche. La sensazione era elettrizzante. Premuta contro le calde labbra di Aladdin e avvolta dal suo profumo, si sentì girare la testa. E quando lui si mosse per portare la mano sul suo stretto giro vita, sentì un nodo tra le gambe che faceva tanto male quanto la riempiva di piacere. Non sapeva cosa le stesse succedendo, ma non voleva che finisse.

Quello che la costrinse a fermarsi fu la sensazione di Aladdin che afferrava la sua camicia come se stesse per toglierla. Sapeva che non poteva permettere che ciò accadesse. Non aveva le forme delle ballerine turche di danza del ventre che una volta si erano esibite nel palazzo, ma la sua forma era sufficiente per far capire ad Aladdin che non era un ragazzo.

"No," disse Jasmine distogliendo le labbra da quelle di Aladdin e sottraendosi al suo abbraccio.

"Va bene, Jamar. Capisco. Vuoi che restiamo vicini?" chiese Aladdin dolcemente.

Jasmine ci pensò su. Fino a quel giorno non aveva nemmeno guardato negli occhi un ragazzo. Ora stava considerando di andare a letto con lui. Chi era diventata?

"Sì, mi piacerebbe," gli rispose non potendo dire altro che la verità.

Al comando di Aladdin, Jasmine si distese lentamente sul pavimento. Era ben lontano dal letto che aveva lasciato, ma era meglio del vicolo sporco della notte precedente. Girando le spalle ad Aladdin, sentì ogni momento in cui lui premeva il suo corpo contro la sua schiena. Quella sensazione le incendiava la mente.

Il dolore che aveva preso possesso della carne tra le sue gambe minacciava di ritornare. Fece del suo meglio per impedirlo. E quando Aladdin spostò le sue braccia sul corpo di Jasmine per sdraiarsi sul suo petto, lei sollevò le sue braccia e le adagiò sul suo seno.

Non avendo null'altro a cui appigliarsi, Aladdin avvolse la sua grande mano attorno al suo polso. Rimase lì per un po', poi risalì fino al suo palmo. Le sue dita si intrecciarono infine con quelle di Jasmine e fu così che lei abbandonò tutti i suoi problemi e si addormentò.

Capitolo 2

Jasmine

Jasmine non sapeva se era la prima a svegliarsi, ma quando si svegliò, fu per sentire il corpo di Aladdin ancora premuto contro il suo. Avevano cambiato posizione durante la notte. Invece di voltare le spalle a lui, ora giaceva sulla schiena mentre Aladdin stava disteso con il braccio posato sul suo ventre. La sua mano era molto vicina al suo seno. Non sapeva cosa fare in proposito. Quindi, invece di fare qualcosa, rimase immobile sperando che lui non si muovesse.

Mentre stava in quella posizione, notò qualcos'altro. La gamba destra di Aladdin era avvolta attorno alla sua gamba. Ciò permetteva al suo basso ventre di premere contro il suo fianco. C'era qualcosa che non riusciva a riconoscere premuto contro il suo fianco. Sembrava avesse un telescopio nei pantaloni, ma non sembrava metallo.

Jasmin fu affascinata da cosa potesse essere. Avrebbe potuto rimanere lì tutta la mattina cercando di capirlo se all'improvviso il suo braccio non avesse iniziato a spostarsi verso l'alto. Quando lo sentì toccare il bordo del suo seno, cercò di allontanarsi rotolandosi di lato. Il movimento svegliò Aladdin, e come se fosse imbarazzato da qualcosa, si allontanò rapidamente dall'altra parte.

Il ritiro di Aladdin la fece interrogare ancora di più su cosa fosse ciò che aveva sentito. Poteva essere stata la sua parte maschile? Una volta, quando era ancora una bambina, nell'ufficio dell'insegnante aveva trovato un libro sul corpo umano. Vi era raffigurato un uomo nudo. Così aveva appreso che i ragazzi e le ragazze sono diversi.

Quello che pendeva tra le gambe dell'illustrazione maschile l'aveva intrigata. Ne era diventata affascinata. L'illustrazione non era abbastanza dettagliata per farle comprendere completamente come fosse l'aspetto, ma era sufficiente per farle capire cosa cercare.

C'erano momenti in cui notava qualcosa che rimbalzava nei pantaloni dei danzatori maschi che si esibivano nel palazzo. Altre volte osservava rigonfiamenti nei pantaloni delle sue guardie mentre distoglievano lo sguardo. Ma in nessun momento aveva immaginato che ciò potesse avere una consistenza lunga e dura come un telescopio. Aveva invece immaginato che fosse come l'illustrazione, un seno con un capezzolo sporgente.

Ma, se la parte maschile di Aladdin era così grande e distintamente sagomata, perché non l'aveva notata mentre camminava? Non aveva alcun senso per Jasmine. E ciò che non aveva senso era perché ora i suoi capezzoli erano duri. Se ne era accorta quando aveva premuto le avambraccia contro di essi nuovamente. Cosa le stava succedendo?

"Jamar, sei sveglio?" chiese Aladdin, con la voce ancora impastata.

Jasmine decise di fingere di essere stata appena svegliata. Rotolò lentamente per volgere il viso e aprì gli occhi per la prima volta. Aladdin riempì la sua vista. Lui era così affascinante che era difficile per lei pensare.

"Sei sveglio", disse lui affermando l'ovvio. "Hai dormito bene?"

Jasmine considerò la sua domanda. Il pavimento era indubbiamente duro. Ma dormire tra le sue braccia non le aveva fatto sentire il disagio. Non si era mai sentita così rilassata in vita sua.

"Sì, molto bene," ammise Jasmine prima di volgere l'attenzione altrove. "Posso farti una domanda?"

"Dimmi?"

"Quella cosa che abbiamo fatto ieri sera…"

"Quando?"

"Mentre eravamo seduti di fronte alla finestra."

"Vuoi dire quando ci siamo baciati?" chiarì Aladdin senza imbarazzo.

"Sì," disse lei, sentendosi arrossire. "I ragazzi in questa città fanno spesso quella cosa insieme?"

Aladdin fissò Jasmine come se stesse cercando sul suo volto la ragione per cui stesse chiedendo. "Spesso? Non lo so. Probabilmente succede tanto quanto nella tua città. Non hai mai baciato un ragazzo prima d'ora?"

"No", rispose onestamente Jasmine.

"Ti è piaciuto?" chiese Aladdin mentre il suo controllo sulla situazione aumentava.

"Mi è piaciuto molto," disse lei, sicura che, se non stava arrossendo prima, lo stava facendo ora.

"Anche a me è piaciuto," disse Aladdin mettendo la sua mano sul suo fianco. "Se ti è piaciuto questo, ci sono altre cose che possiamo fare che potrebbero piacerti ancora di più."

"Davvero, ad esempio?"

"Forse stasera te lo mostrerò," disse lui guardandola negli occhi.

I suoi occhi confusero Jasmine. Era ancora una sensazione così nuova per lei essere catturata dallo sguardo di qualcuno, ancor di più qualcuno bello come Aladdin.

"Ma, e le ragazze?" chiese Jasmine, avendo bisogno di sapere dove si collocava.

"E le ragazze?"

"Hai mai baciato una ragazza?"

"Le ragazze e i ragazzi sono diversi," spiegò Aladdin.

"Lo so," intervenne Jasmine sulla difensiva.

Aladdin la guardò, confuso dalla sua reazione. "Certamente. Quello che sto dicendo è che alle ragazze non piace baciare. Ai ragazzi sì. Ai ragazzi piace anche fare altre cose che alle ragazze non piacciono."

"E se a una ragazza piacesse baciare? La baceresti?"

Aladdin guardò Jasmine cercando di sondare la sua domanda complicata. "Vorresti baciare una ragazza?"

Jasmine esitò considerando quella domanda. Non poteva dire di non averci pensato. Le sue ancelle erano le compagne più vicine che avesse. Aveva spesso immaginato di essere più vicina a loro.

"Non lo so. Ma, se una ragazza volesse, potrei volerci provare. E tu?"

"Perché ti preoccupa tanto quello che penso delle ragazze?" chiese Aladdin cambiando argomento.

"Non mi preoccupo. Sono solo curioso, suppongo."

"Bene, ho sempre creduto che finché non avrò una moglie, dovrei divertirmi quanto posso. Ti piace divertirti, Jamar?" chiese Aladdin con improvvisa vulnerabilità.

La mente di Jasmine girava, incerta su come rispondere. Sì, voleva divertirsi con lui quanto possibile.

Ma, c'era qualcosa nel modo in cui l'aveva detto che la faceva pensare che il suo divertimento avrebbe rivelato che lei non era chi diceva di essere.

In quel momento, Jasmine non poté fare a meno di desiderare di essere un ragazzo. Non solo la sua vita sarebbe stata molto più facile e interessante, ma avrebbe potuto dire facilmente sì a qualsiasi cosa Aladdin le stesse proponendo.

"Forse," disse lei, non sapendo cosa dire.

"Allora forse stasera ci divertiremo."

Jasmine non rispose.

Aladdin sollevò la mano e sfiorò delicatamente i suoi capelli corti sopra il suo orecchio. "Mi piaci, Jamar. Sono contento di averti trovato."

"Anche tu mi piaci, Aladdin," disse Jasmine, felice di aver trovato qualcosa su cui potesse essere onesta.

"Dobbiamo comprare qualcosa per la colazione con tutti i soldi che abbiamo vinto ieri sera?"

Con tutto quello che era stato detto e fatto dal risveglio, aveva dimenticato l'incredibile momento che aveva passato la notte precedente. Con le loro vincite, non avrebbero dovuto rubare il cibo. Avrebbero potuto acquistarlo come tutti gli altri. Ciò la fece sentire bene.

"Andiamo."

Jasmine si sentiva euforica camminando con Aladdin verso il mercato. Mentre lui le indicava i posti e le raccontava aneddoti, si sentiva trasportata nella sua vita. Era un mondo completamente nuovo. Anche con i libri che aveva letto, non aveva mai immaginato che la gente vivesse realmente come lui. Era come se ogni giorno fosse un'avventura.

Lo invidiava tanto quanto desiderava essere baciata di nuovo da lui. Mentre entrava nel mercato, sopraffatta ancora una volta dai panorami e dai suoni, sapeva che non avrebbe potuto essere più felice.

"È lui!" urlò qualcuno dal mercato, interrompendo i pensieri di Jasmine.

Tanto lei quanto Aladdin si irrigidirono. Scrutarono tra la folla e scoprirono chi l'aveva detto. Era il venditore al quale aveva rubato il pane. Aveva le dita puntate su di loro, sebbene il suo viso fosse rivolto altrove.

Fu allora che Jasmine li vide. Riconobbe subito la divisa. Erano le guardie del palazzo. Cosa ci facevano lì? Erano forse in cerca di lei? Doveva andarsene.

"Abbiamo dei soldi," urlò Aladdin, cercando di rassicurare il venditore.

"È quel teppista che ha rovesciato il mio carretto. È lui lì," urlò alle guardie.

"Dobbiamo andarcene," disse Aladdin a Jasmine.

Ma, nel momento in cui si girarono, ne videro altre. C'erano altre guardie che si avvicinavano dal vicolo dietro di loro. Aladdin individuò un'altra direzione e stava per indirizzarli altrove quando ancora più guardie apparvero in vista.

"Non capisco. Perché ci sono così tante guardie del palazzo qui?" Aladdin chiese, senza alcun posto dove poter fuggire.

Guardando spaventata l'avanzata delle guardie, Jasmine si sentì il cuore spezzato, chiedendosi che cosa avesse fatto. Era per colpa sua se Aladdin aveva dovuto rovesciare il carretto del venditore. Se non gli avesse mentito… se non fosse fuggita dal palazzo, adesso Aladdin non sarebbe in pericolo.

Le aveva detto chiaramente che cosa succede ai ladri nella sua città. In tutti quegli anni lui non era mai stato mutilato per furto. Eppure, un solo giorno con lei ed era stato circondato dalle guardie del palazzo.

"Mi dispiace, Aladdin."

"Non preoccuparti, ne usciremo," la rassicurò. "Guardie, c'è stato un malinteso. Stavamo solo tornando a saldare i danni causati dal nostro sfortunato incidente." Aladdin tirò fuori il sacchetto di monete dai pantaloni. "Guardate. Abbiamo tutto ciò che dobbiamo proprio qui."

La prima guardia si avvicinò e strappò il sacchetto dalle mani di Aladdin. Lui e Jasmine si fecero da parte. I loro due passi indietro li lasciarono nelle mani di altre guardie che li afferrarono. Con le mani robuste delle guardie strette sulle loro spalle, Jasmine si girò verso Aladdin. Era la prima volta che Aladdin appariva spaventato. Fu allora che Jasmine capì quanto fosse seria la situazione.

"Sapete qual è la pena per furto, teppisti?" chiese un'altra guardia avvicinandosi.

"Non abbiamo rubato nulla," protestò Aladdin. "È stato solo un malinteso. Abbiamo i soldi per pagare."

"Avete i soldi?" chiese la guardia con un sorriso malizioso. "E, dove sono?"

"Li ha quellla guardia. Me li ha appena presi. L'hai visto."

"Non ho visto niente. Ma quello che so è che avete rubato a questi venditori per molto tempo. Sapete qual è la pena per questo?" chiese la guardia sguainando la spada.

"Vi sto dicendo che non abbiamo rubato nulla. Abbiamo i soldi per pagare. Per favore, abbiamo i soldi," disse Aladdin con terrore negli occhi.

"Pagherete, è certo. Pagherete con le vostre mani."

Quando il capo della guardia fece cenno agli altri, una guardia massiccia colse Aladdin spingendolo a terra. Forzandolo a distendere il braccio, gli occhi di Aladdin si riempirono di lacrime.

"D'accordo, lo ammetto. Ho rubato loro. Ma il mio amico non c'entra niente. È appena arrivato. Non conosce le nostre leggi. Dillo a loro, Jamar. Dillo a loro che sei appena arrivato. Dillo a loro che sono stato io a convincerti ad aiutarmi. Dillo a loro che sei innocente."

Jasmine rimase lì a guardare Aladdin mentre implorava che lo perdonassero. In quel momento, non avrebbe potuto amarlo di più. A qualunque costo, doveva proteggerlo. E c'era un solo modo per farlo. Doveva rinunciare alla libertà in cambio della sua.

"Fermatevi! Ordino che vi fermiate!" Esclamò Jasmine con più autorità di quanto chiunque stesse ascoltando fosse preparato.

La guardia con la spada si voltò verso di lei. "Chi sei tu per darci degli ordini? Perderai la vita per questo."

"Sono la Principessa Jasmine. È a me che dovete obbedire. E se non rilasciate subito questo ragazzo, vi prometto che tutto ciò che gli farete, sarà raddoppiato su di voi."

Sentendo quelle parole, tutte le guardie si fermarono. Si voltarono ed esaminarono il volto del giovane ragazzo che stava facendo quelle richieste. Strizzando gli occhi cercarono di vedere il ragazzo in modo diverso.

La guardia con la spada si avvicinò a Jasmine con cautela. Non osava toccarla, ma non era pronto a dichiararla altro che una stracciona piena di polvere.

"Come sapevi che stavamo cercando la Principessa?"

"Perché non sono nel palazzo. Chi vi comanda? È Fazel… Habib? Non importa. Portatemi da mio padre. Lui dimostrerà chi sono. E se siete fortunati, non vi farà mettere a morte per aver guardato la principessa."

Jasmine capì di averli in pugno quando i loro occhi si distolsero subito. Per quanto fosse spaventata, i loro sguardi deviati la spaventavano ancora di più. Si era rivelata, e ciò significava che sarebbe stata nuovamente avvolta dal velo di solitudine che l'avvolgeva per tutta la vita.

L'unico che la guardava ora era Aladdin. La fissava da terra. Sembrava confuso e un po' spaventato.

Cosa stava pensando? Era su come l'aveva raggirato? Si sentiva tradito? O stava pensando ai momenti di intimità che lei gli aveva rubato?

Le guardie non avevano torto. Era una ladra. La vera portata dei suoi crimini era ancora un mistero per lei, tuttavia. Ma Jasmine era sicura che Aladdin ne fosse a conoscenza. E quando anche Aladdin distolse lo sguardo, capì che la sua dura condanna a vita era iniziata.

"Era il nostro compito trovare la Principessa," iniziò la guardia. "Non sappiamo chi sei tu, ma vi porteremo entrambi al palazzo."

"Va bene. Procedete," disse Jasmine, facendo capire loro che, nonostante fosse la Principessa, era lei a comandare.

Le guardie condussero Jasmine e Aladdin al palazzo. Nonostante nessuno di loro osasse toccare Jasmine dopo quel momento, furono severi il doppio con Aladdin. Jasmine voleva urlare che non gli facessero del male, ma aveva la sensazione di non poterlo fare.

Da ciò che aveva imparato in una vita d'istruzione, una principessa doveva proteggere il suo popolo ma non preoccuparsi per le persone, almeno non individualmente. Non poteva mostrare alcuna preferenza per l'orfano se voleva continuare a convincerli di chi fosse.

"Lui non verrà maltrattato. Mi avete capita?" Jasmine ordinò quando alla fine lo trascinarono via in un'altra direzione.

Il capo delle guardie non rispose. La condusse invece lungo i corridoi, verso una parte del palazzo dove non era mai stata prima. Non era proprio dove le avevano detto che fossero le prigioni, ma era vicino. Costretta a sedere in una piccola stanza di pietra da sola, si chiedeva quanto tempo sarebbe stata costretta ad aspettare lì. Forse delle ore.

Non era certa di che ora del giorno fosse quando finalmente qualcuno venne a prenderla, ma sapeva che doveva essere tardi.

"Dove è mia madre? Le avete detto che sono qui? Vorrà parlare con me. Tenetemi lontano da lei e vi costerà le vostre mani."

Jasmine vide la guardia sobbalzare all'idea. Tuttavia ciò non lo fermò.

"Mi è stato ordinato di portarti dal Visir," disse la guardia con una sicurezza artificiale.

Jasmine pensò di minacciarlo ancora. Non lo fece. Per quanto fosse arrabbiata per tutto quello che era accaduto, sapeva che non era colpa sua.

Forse la persona con cui avrebbe dovuto essere arrabbiata era se stessa. O forse era la sciagura di essere nata principessa. In ogni caso, quella guardia non era da biasimare.

"Sei orribile," disse il Visir posando gli occhi su di lei. "I tuoi genitori si vergognerebbero nel vederti così. Infinitamente brutta."

Jasmine non era preparata a sentire nulla di tutto ciò. Certo, si era abituata a sentirlo dire cose infami su di lei, ma mai aveva detto qualcosa che le facesse così male.

"Dove è mia madre," disse Jasmine all'improvviso, incapace di mostrare baldanza.

"Deve stare il più lontano possibile da te. Non pensare che non sappia come sei fuggita dal palazzo. Sei entrata nel mio laboratorio e hai usato il mio passaggio. Non so ancora come tu ci sia entrata o ne fossi a conoscenza, ma puoi essere sicura che lo scoprirò e che non sarai mai più in grado di fare nessuna delle due cose di nuovo."

"Allora, hai intenzione di tenermi rinchiusa nel palazzo come una prigioniera?" urlò Jasmine.

"Non come una prigioniera. Come una principessa," disse il Visir mostrando il suo sorriso dai denti storti.

"Qual è la differenza?"

"Come principessa, avrai il privilegio di sposare mio figlio."

Di tutte le cose che Jasmine pensava avrebbe potuto sentire al suo ritorno, dover sposarsi non era tra queste. E tra tutte le persone che avrebbe mai pensato sarebbe stata costretta a sposare, il figlio del Visir era l'ultima persona a cui avrebbe pensato.

"Sposare tuo figlio? Mai. Mio padre non sarebbe mai d'accordo con questo. Ha dichiarato che devo sposare un principe."

"Quello era prima che facessi questa piccola bravata. Vedi, Principessa, tutto ciò che hai fatto scappando è dimostrare che non puoi essere controllata. Quindi, non è stato difficile convincere tuo padre che dovremmo tenere il tuo comportamento all'interno della famiglia. Così mio figlio, sotto la mia tutela, potrà plasmarti e farti diventare una vera principessa. In questo modo, tutti saranno contenti."

Jasmine ascoltava, stupita. "Non ti credo. Mio padre non mi darebbe a te in quel modo."

"Sembra è una cosa non da lui, è vero. È quasi come se avesse un consigliere di fiducia che gli sussurra istruzioni all'orecchio."

A Jasmine non piaceva ciò che stava insinuando. "Cosa hai fatto a mio padre?"

"Principessa, ho fatto più per aiutare tuo padre di quanto tu non sappia. Sembra che dare sua figlia in moglie a mio figlio è il modo in cui ha scelto di ripagarmi.

"Certo, guardandoti come la pecora nera che ho sempre saputo che eri, sono sicuro che darti in sposa a mio figlio sia un altro favore. Ripugnante, disgustosa, buona a nulla. Dovresti essere felice che nessuno ti guardi, li faresti ammalare."

Le lacrime riempirono gli occhi di Jasmine e lentamente le scesero lungo guance. Avrebbe voluto rispondere. Voleva urlargli di tacere. Ma, aprendo la bocca, non seppe cosa dire. Rimase invece sola, davanti al suo bullo, e piansero in silenzio.

"Tra due settimane, sarai sposata. La tua nuova vita inizierà allora. E, credimi, Principessa, se oserai sgarrare dopo questa storia, troverai una mano ferma che te lo impedirà. Ci siamo capiti?"

Jasmine era devastata. La sua vita era davvero finita. C'era solo una cosa che le frullava per la mente dandole un po' di conforto.

"E, Aladdin, cosa ne sarà di lui? Era innocente in tutto questo. Sarà liberato?"

"Aladdin? È questo il nome del topo di strada con cui ti hanno trovata?"

"Lo è. E' stato l'unico che mi ha tenuto al sicuro. Senza di lui, non sarei sopravvissuta per sposare tuo figlio. Merita di essere liberato."

"È davvero quello che è successo? Oh, Principessa, forse avresti dovuto dire qualcosa prima. Quel topo di strada è già stato condannato a morte."

Le parole colpirono Jasmine come una spada affilata. Il dolore si diffuse in tutto il corpo. "No. Non è vero. Non è morto."

"Ma lui è il Principe."

"Cosa ha fatto? Non ha commesso nessun crimine tale da meritare la morte."

"Ha osato guardare la Principessa, naturalmente. Sospetto che non sia tutto ciò che ha fatto. Dovresti soltanto essere grata che non sia stato torturato prima. Puoi immaginare lui, un gatto di strada, che guarda la Principessa? Ripugnante.

"Ora, le guardie ti ricondurranno alla tua stanza ed è lì che rimarrai. Nessuno deve vederti con i capelli così, meno che mai i tuoi genitori. Tra due settimane, sposerai mio figlio, e non dovrai mai più prendere un'altra decisione di tuo pugno. Penso che possiamo ringraziare Allah per questo.

"Guardia!" urlò il Visir chiamando la scorta di Jasmine che aspettava all'esterno.

Jasmine non riuscì a dire un'altra parola. Tutto ciò che stava accadendo era colpa sua. Perché aveva pensato di poter essere libera, e adesso sarebbe stata consegnata al figlio di Visir. Ancora peggio, Aladdin era morto.

Come poteva essere successo, si chiese mentre le lacrime le scorrevano sulle guance? Come poteva andare tutto così male? Sbucando tra i passaggi verso la sua stanza, sentì lo sguardo dolorosamente familiare delle guardie mentre entrava nel loro campo visivo.

Questa volta era arrivata al limite. Non poteva tornare a una vita in cui era invisibile. Il solo pensiero la lacerava come gli artigli di una tigre. Fissando la porta della sua stanza, e della sua prigione, fu allora che finalmente crollò.

"Guardami," ordinò alla sua guardia personale in attesa. "Guardami!" urlò.

Con le lacrime a scorrerle sul volto afferrò la sua camicia e se la tolse.

"Guardami!"

Le guardie cercavano di evitare di guardarla, così si slacciò i pantaloni e gli indumenti intimi e se li tolse.

"Perché non mi guardate? Guardatemi!" insistette mentre stava nuda di fronte a quegli uomini. "Dovete guardarmi!" gridò prima di collassare sulle ginocchia.

Come se nulla fosse successo, come se non si fosse spogliata nuda e crollata a terra, la sua guardia personale compì il suo dovere e aprì la porta della sua prigione. Jasmine rimase dov'era e pianse. Pianse per la perdita della vita di Aladdin e per la perdita della sua stessa vita.

Quando non riuscì più a piangere, si alzò, entrò nella sua stanza e si girò facendo sì che le chiudessero la porta alle spalle. Sapeva che non aveva più nulla per cui vivere. E per questo motivo, decise che tutto ciò che le restava da fare era sopravvivere.

Come aveva detto Visir, due settimane dopo, Jasmine si sposò. Non aveva mai conosciuto il figlio di Visir. La prima volta che lo vide fu quando lui stette al suo fianco all'altare. Il suo nome era Abul Waali ed era brutto come suo padre.

"Vuoi prendere questa donna come tua moglie?" chiese l'officiante.

"Sì," disse Abul Waali.

"Vuoi prendere quest'uomo come tuo marito?"

"Io… accetto," Jasmine ammise, non sapendo bene chi avesse pronunciato quelle parole.

"Allora, siete marito e moglie fino a che la morte non vi separi," dichiarò l'uomo santo, rendendo ufficiale l'unione.

Jasmine sedette al tavolo del suo matrimonio senza dire una parola. Quella era la sua vita ora. Sarebbe stata sposata con un uomo vile e avrebbe vissuto una vita abominevole fino alla morte. Ogni giorno sarebbe stato un susseguirsi di difficoltà e se si fosse permessa di sentire qualcosa di tutto ciò, sarebbe stata destinata a soffrire.

Come vuole la tradizione, dopo il banchetto nuziale, il padre dello sposo condusse la coppia nella loro stanza da letto, dove c'era anche il loro letto nuziale. Nonostante non fosse necessario, Visir chiuse la porta a chiave. Jasmine sapeva cosa sarebbe successo dopo. Il suo nuovo marito avrebbe profanato il suo corpo. Ma, fintanto che ella rimanesse lontana, lontanissima mentalmente, sapeva che sarebbe sopravvissuta.

Indossando il suo abito da notte nuziale, Jasmine si coricò sul letto. Distesa sulla schiena rigida come un asse, chiuse gli occhi. Respirando lentamente, portò il pensiero lontano. Lontano dalla stanza, la sua mente volava. Poteva quasi sentire l'aria fresca della libertà intorno a lei. Poteva quasi sentire l'amore che una volta aveva conosciuto.

"Come stai, Sua Altezza?" disse una voce un tempo familiare.

Gli occhi chiusi di Jasmine si strinsero come se fossero avvolti.

"Sua Altezza, ci sei? Non sei morta o qualcosa del genere, vero?"

Jasmine lasciò che la voce la avvolgesse. Non era quella di Abdul Waali, il suo vile nuovo marito. Era qualcun altro. Il suo cuore doleva pensando a chi fosse. Conosceva quella voce, ma non poteva essere possibile.

"Allora, dimmi, Principessa, devo chiamarti Jasmine o devo chiamarti Jamar?"

Gli occhi di Jasmine si spalancarono e si voltò a guardare l'uomo. Fissandolo negli occhi, non riusciva a crederci. Come poteva essere lui? Come era possibile che fosse lì?

"Aladdin, sei tu?" chiese esitante.

"Chi altro potrebbe essere?" disse Aladdin, guardando Jasmine con un sorriso brillante.

Capitolo 3

Aladdin

Aladdin guardò Jamar mentre veniva condotto al palazzo. Ancora non riusciva a crederci. Il ragazzo che aveva conosciuto come Jamar era in realtà la Principessa Jasmine. Non capiva ancora come potesse essere possibile. Lei sembrava davvero un ragazzo. Non solo era vestita come un ragazzo, ma aveva anche il fisico da ragazzo e i capelli corti a dimostrarlo. Come poteva essere una ragazza?

Mentre veniva portato nella masmorra, Aladdin continuava a riflettere su tutto ciò che era accaduto. Aveva salvato Jamar perché stava subendo dei calci da quell'uomo. Non aveva un secondo fine, voleva solo essere d'aiuto. Ma poi aveva visto che Jamal aveva iniziato a provare dei sentimenti per lui.

E, c'era sicuramente qualcosa in lui che differiva dagli altri ragazzi. Sembrava più innocente degli altri. Dopo tutte le cose che Aladdin aveva visto nella sua vita, era difficile resistere all'innocenza di Jamar.

Nel frattempo, aveva scoperto che il ragazzo che aveva incontrato non era un ragazzo. Era una ragazza. E per di più, era la principessa. Aveva baciato Jamar, e Jamar si era rivelata essere la Principessa Jasmine. Che cosa significava tutto ciò?

Aladdin sedette su una tavola di legno attaccata al muro, rendendosi conto appena che si trovava in una masmorra e in pericolo. C'erano troppe cose che gli frullavano in testa.

Jamar non era il primo ragazzo che aveva baciato. Infatti, Aladdin aveva baciato alcuni ragazzi. Aveva sempre detto a se stesso che le ragazze non erano interessate a cose come il sesso, ma i ragazzi sì. Allora, perché non essere pratici? Perché non avere dei ragazzi per divertirsi e pensare alle ragazze solo quando era il momento di sposarsi?

Aladdin aveva sempre pensato a questo come a un compromesso ragionevole. Ed era meglio stare con qualcuno che con nessuno, giusto? Sicuramente, i ragazzi con cui Aladdin era stato nel corso degli anni erano consenzienti. Infatti, Aladdin aveva avuto delle vere e proprie relazioni con alcuni di loro. L'amore che aveva provato da loro era come una nuvola protettiva in un giorno altrimenti rovente.

Aveva amato quei ragazzi quanto si può amare un ragazzo. Ma, alla fine, aveva sempre pensato che sarebbe finito con una ragazza. Non aveva mai provato sentimenti per una ragazza prima di allora, ma aveva sempre immaginato che lo avrebbe fatto. Si stava ingannando da solo? Non lo sapeva.

Ma ora, ecco che il ragazzo per cui aveva provato più di ogni altro, si rivelava in realtà una ragazza travestita. La testa di Aladdin gli girava mentre pensava a tutto ciò. Che cosa diceva tutto ciò su chi era lui? Non aveva mai incontrato una ragazza che lo interessasse prima, ma ora ne aveva incontrata una. Dopo tutti quegli anni, aveva provato sentimenti per una donna. E questi non erano sentimenti che si era semplicemente detto che doveva provare. Erano genuini.

Dopo una vita a chiedersi come avrebbe potuto vivere tutta la vita commettendo uno dei più grandi peccati, gli era stata presentata la donna che avrebbe reso completa la sua vita. Era tuttavia sfortunato che Jasmine fosse una principessa. Ciò presentava certe complicazioni difficili da ignorare. Ad esempio, invece di saltare tra i tetti della città, era fermo in una galera e forse stava per essere giustiziato. Quello era decisamente un aspetto negativo.

Tuttavia, quale Dio gli avrebbe fatto assaggiare qualcosa di così meraviglioso per poi negarglielo per sempre? Certamente, nessuno che Aladdin potesse immaginare. Ma il problema era ancora che si trovava in una prigione. E che, forse, stava per essere giustiziato.

"Come ti chiami?" una voce roca chiese dall'oscurità al di fuori delle sbarre della cella.

"Il mio nome è Aladdin," rispose cercando di apparire sicuro.

"Aladdin, eh? Allora, dimmi, Aladdin, che cosa hai fatto alla Principessa?"

"Non ho fatto niente alla Principessa. Anzi, forse ho fatto qualcosa. Sì. L'ho salvata."

"L'hai salvata?" l'uomo chiese avvicinandosi abbastanza da far sì che Aladdin potesse vederlo. Lui non lo riconobbe, sebbene potesse vedere che era vestito come un personaggio importante. "Come l'hai salvata?"

"Beh, stavo andando per la mia strada quando ho visto un uomo che stava prendendo a calci quello che sembrava un ragazzino. Ho fatto in modo che la smettesse."

"Stai dicendo che qualcuno stava prendendo a calci la Principessa?"

"Sì. Ma per essere giusti con lui, lei non sembrava una principessa."

"Capisco. E tu l'hai aiutata."

"L'ho salvata."

"Capisco. E che altro?"

"Che altro cosa?"

"Che altro ti rende speciale?"

"Cosa me lo fa essere? Non so se ci sia qualcosa che mi renda speciale."

Gli occhi dell'uomo scrutarono Aladdin. Poi l'uomo scoppiò in una risata: "Allora suppongo che dovremmo condannarti a morte."

"A morte? No."

"Allora perché no? Dammi una buona ragione per cui non dovresti morire qui stasera."

Il cuore di Aladdin accelerò. Non riusciva a pensare a nulla che potesse dire per cambiare le cose. Aladdin non si riteneva speciale in nessun modo. Infatti, la sua vita era stata particolarmente insignificante fino a…

"Perché la Principessa mi ama," disse infine Aladdin, non essendo sicuro se fosse vero.

"La Principessa AMA TE?" chiese l'uomo dai denti storti.

"Sì, se vuoi sapere cosa mi rende speciale, allora è questo. Forse sarei un buon marito per la Principessa. Forse sarei un buon principe."

Sebbene Aladdin sapesse che stava esagerando un po', era sincero. La Principessa aveva risposto al suo bacio. Perché una ragazza avrebbe dovuto fare una cosa del genere se non fosse innamorata?

L'uomo fissò Aladdin per un momento e poi scoppiò in una risata genuina e sonora. Aladdin capì che l'uomo non stava ridendo per essere crudele. Trovava semplicemente divertente quello che Aladdin aveva detto. O, più che divertente, ridicolo. Aladdin non era così sicuro di non sentire dolore per quella risata.

"Cosa c'è? La Principessa ama qualcun altro?" chiese Aladdin, iniziando a sentirsi imbarazzato.

"La principessa ama qualcun altro? Che importa di chi ama la Principessa? La principessa è proprietà del Sultano. Sposerà chi lui le dice di sposare."

"Non è giusto. La Principessa dovrebbe avere il diritto di sposare chi vuole. Anche se non sono io, lei dovrebbe avere il diritto di essere felice come chiunque altro."

L'espressione dell'uomo cadde mentre guardava Aladdin. "Tu ci credi davvero, vero?"

"Sì, io ci credo. La Principessa non è proprietà di nessuno. È una persona. E forse se fosse trattata come tale, non sarebbe scappata."

L'espressione dell'uomo si fece acida. "Cosa sai tu della fuga della Principessa?" chiese con il fuoco negli occhi.

"Niente," rispose rapidamente. "Ma immagino che non abbia lasciato la sua comoda vita qui e si sia fatta passare per un ragazzo perché era felice."

L'uomo guardò Aladdin sbalordito. Quando ebbe finito di notarlo, abbassò lo sguardo verso un anello che portava. Sull'anello c'era il gioiello più grande che Aladdin avesse mai visto, e l'uomo lo fissava come se gli stesse parlando.

"Ragazzo, forse hai ragione," disse l'uomo prima di guardare di nuovo Aladdin. "Forse la Principessa dovrebbe essere felice. E forse sei tu quello che dovrebbe sposarla."

"Io? Voglio dire, sì, io," rispose Aladdin non sapendo bene cosa stesse succedendo.

"Ma la Principessa non potrebbe mai sposare un topo di strada come te…"

"Non sono un topo di strada!"

"Certo. Ma, sei un signor nessuno. Sei la feccia. Non conti nulla."

"Io conto," disse Aladdin con fermezza.

"Per chi conti, ragazzo?"

Aladdin ci pensò su e non riuscì a pensare a nessuno. Fino a quando non disse, "Per la Principessa."

L'uomo si spostò mentre esaminava di nuovo Aladdin. "E, forse conti davvero. Ma suo padre non ti considererà mai, a meno che tu non sia l'uomo più ricco del regno. Sei l'uomo più ricco del regno?"

"No." Ammise Aladdin rendendosi conto che quel brutto uomo stava dicendo la verità.

"Vorresti essere l'uomo più ricco del regno?"

"Certo. Chi non vorrebbe?"

"Sai, posso aiutarti a diventare tutto ciò che desideri. E se fai ciò che dico, forse la Principessa non ti vedrà come tutti gli altri ti vedono già, come un signor nessuno. Lo vuoi? Vuoi diventare un uomo ricco? Vuoi avere la possibilità di sposare la Principessa?"

Aladdin si alzò e si fermò davanti alle sbarre e all'uomo. Aveva sentito molte promesse assurde nella sua vita. Ne aveva persino fatte alcune. Ma nessuna di esse era incredibile come quella che l'uomo gli offriva ora.

Eppure, con ogni momento che passava, il suo desiderio di stare con la Principessa cresceva. Lei aveva preso possesso del suo cuore. Ora lo stava stringendo e stare lontano da lei lo faceva soffrire.

Sì, tutto ciò che l'uomo stava dicendo doveva essere una bugia, o un trucco, o qualcos'altro. Ma perché avrebbe detto tutto ciò? Aladdin era rinchiuso in una prigione. Quell'uomo probabilmente poteva farlo mettere a morte con un semplice gesto della mano. Perché suggerire tutto ciò se non c'era almeno un briciolo di verità nel suo discorso?

"Come?" chiese Aladdin.

"Come cosa?"

"Come mi trasformeresti in una persona abbastanza ricca da sposare la Principessa?"

"Lo farei guidandoti verso un tesoro, un tesoro che supera ogni tuo sogno più folle."

"Ma, se sai dove c'è un tesoro, perché non te lo prendi semplicemente?" chiese Aladdin rifiutando di cedere alle bugie dell'uomo.

"Cosa me ne faccio del tesoro? Io sono il Visir. Non c'è uomo nel regno più potente di me."

"Il Sultano lo è," interruppe Aladdin.

Ciò zittì il Visir. Guardò Aladdin cercando di nascondere la rabbia che il commento di Aladdin aveva suscitato, ma Aladdin riuscì a vederla trapelare.

"Sì, il Sultano è più potente. Ma anche con tutte le tue ricchezze, non sarai mai nemmeno lontanamente potente di quanto lo sono già io. Allora, cosa dici, ragazzo, vorresti sposare la Principessa?"

"Cosa dovrei fare?" chiese Aladdin sentendosi sul punto di farsi convincere.

Il viso del Visir si illuminò sentendo Aladdin acconsentire.

"C'era una volta un Sultano che raccolse tutto il suo oro e i suoi gioielli e li nascose in una grotta che solo lui poteva trovare. Ma su quella grotta, mise una maledizione. Solo un oggetto può essere prelevato prima di ogni altro. Se mi porti quell'oggetto, puoi avere tutto il resto."

"È tutto?" chiese Aladdin.

"Non essere così sicuro di te, ragazzo. Ci sono pericoli in quella grotta. Pericoli che potrebbero ucciderti. Ma non succederà nulla se seguirai esattamente le mie istruzioni, altrimenti non uscirai vivo dalla grotta."

Aladdin pensò a ciò che il Visir gli aveva detto. Questo aveva senso. Se aveva bisogno di qualcuno che potesse sfuggire ai pericoli e saltare da parete a parete in una grotta, non c'era nessuno in città che sarebbe stato migliore di lui. Chiunque lo conoscesse avrebbe detto lo stesso. Qualcuno doveva averlo detto al Visir. E se quella parte della storia del Visir aveva senso, forse tutto il resto che il Visir aveva detto era vero.

Aladdin si voltò e pensò a ciò che gli era stato detto. La grotta conteneva abbastanza tesoro da renderlo abbastanza ricco da sposare la Principessa. E il Visir glielo avrebbe dato come ricompensa per aver recuperato un oggetto. Probabilmente sarebbe stata la cosa più preziosa della grotta. Ma un tesoro del sultano sarebbe stata una ricompensa sufficiente per chiunque.

"Lo farò," disse Aladdin pensando a come si sarebbe sentito quando avrebbe rivisto la Principessa.

"Eccellente," rispose il Visir con un'ombra scura negli occhi.

Il Visir lasciò Aladdin nella segreta senza cibo né acqua per ore. Aladdin aveva iniziato a credere che il Visir l'avesse lasciato lì a morire. Ma quando il Visir tornò portando pane, datteri e succo di melograno, Aladdin fu ancora più convinto che tutto ciò che il suo nuovo amico gli aveva detto era vero.

Mangiando mentre partivano, quando uscirono dal Palazzo, erano già nel buio della notte. Cavalcando i cammelli, il Visir era vestito con un ampio cappuccio che gli copriva la testa. Aladdin non era sicuro se fosse per tenerlo al caldo o per nasconderlo alla vista. Non appena la temperatura scese nella fredda notte del deserto, capì a cosa serviva.

"Quanto manca ancora?" chiese Aladdin, iniziando a perdere il senso delle sue dita dei piedi.

Aladdin guardò il Visir. Il Visir stava fissando intensamente il suo anello. Emetteva una debole luminosità e la sottile luce illuminava il volto del Visir in modo sinistro. Aladdin si ritrasse per quello che vide.

"Presto," annunciò il Visir senza mai staccare gli occhi dall'anello.

Il 'presto' si rivelò essere molte ore da quando Aladdin aveva chiesto. Ma quando il Visir finalmente terminò il loro viaggio, il Visir fissò l'anello che brillava come se la luna fosse stata rubata e incastonata all'interno della gemma.

"Siamo arrivati," disse il Visir guardandosi attorno.

Anche Aladdin fece lo stesso. Esaminando l'area, non riuscì a capire dov'era "qui". Erano nel bel mezzo del nulla. Per quanto Aladdin potesse vedere nel buio, non c'era niente altro che sabbia e terreno piatto.

"Ma dove siamo esattamente?"

"Siamo nel luogo del tuo destino," disse il Visir con la luce del suo anello che proiettava ombre demoniache sul suo volto.

"Va bene. Ma non vedo alcuna grotta. Sei sicuro che questo sia il posto giusto?"

Senza dire una parola, il Visir scese dal cammello e camminò qualche metro di fronte a lui. Concentrato su qualcosa che Aladdin non poteva vedere, il Visir rimase fermo e urlò nella notte.

"Ho portato il tuo sacrificio. Ora mostrami il tuo tesoro."

Sentendo le parole del Visir, Aladdin sentì un brivido percorrergli la schiena. Era lui il sacrificio? Era per questo che lo aveva portato là fuori. Anche questo aveva senso. Se il Visir aveva bisogno di un sacrificio umano, chi avrebbe sentito la mancanza di un ragazzino di strada? Nessuno.

All'improvviso molto spaventato, Aladdin cercò di girare il cammello per scappare.

"Fermati!" ordinò il Visir congelando apparentemente il cammello dov'era.

Saltando giù dalla bestia, Aladdin iniziò a correre. Ma, toccando la sabbia, la terra tremò. Il tremore era incredibile. Impossibilitato a rimanere in piedi, Aladdin cadde in ginocchio. Terrorizzato, Aladdin si voltò indietro

Fuori dalla sabbia usciva l'insidioso muso di un leone. Era enorme. Fatto di pietra, sembrava che stesse lottando per emergere dalla sabbia per respirare. Quando la creatura di pietra aprì la bocca, da essa uscì una brezza gelida che colpì Aladdin nel profondo.

"Chi richiede l'ingresso alla grotta del sultano Mohy elDin?" disse una voce assordante da dentro.

"Sono io, colui che ti porterà il tuo sacrificio," disse il Visir apparentemente senza paura.

"Mostrami il tuo sacrificio," chiese la voce.

Il Visir guardò Aladdin. "Ragazzo, vieni qui!"

Il terreno aveva smesso di tremare e Aladdin si alzò. Una piccola voce nella sua testa gli diceva di fuggire. Gli diceva di correre più veloce che poteva e di non guardarsi mai indietro. Ma c'era un'altra parte di lui che gli diceva di avanzare. Perché gli diceva di fare così? Aladdin non lo sapeva.

Cedendo al suo destino, Aladdin guardò in basso per guardarsi i piedi. Passo dopo passo, lo stavano portando all'ingresso della grotta. Perché? Cosa stava facendo? Nessun uomo era destinato a camminare verso una morte certa, allora perché lo stava facendo? Non lo sapeva, eppure qualcosa dentro di lui lo spingeva ad andare.

Rapidamente, in piedi all'ingresso del leone, Aladdin guardò dentro. Sembrava che ci fosse qualcosa là sotto che lo stava chiamando. Quella voce non era minacciosa come quella che rombava fuori. Quella nuova voce era triste e solitaria. Quella voce aveva bisogno di essere salvata, e qualcosa diceva ad Aladdin che lui era l'unico che poteva farlo.

"Io ci vado," disse all'improvviso Aladdin al Visir.

"Ci andrai, ragazzo. E tu andrai a recuperare per me una lampada."

"Hai detto che non posso toccare nient'altro. Come troverò la lampada senza toccare nulla?" chiese Aladdin ipnotizzato dalla voce compassionevole e dall'oscurità.

"Prendi questo."

Aladdin si girò di nuovo a guardare il Visir.
L'orribile uomo stava presentando l'anello luminescente
ad Aladdin.

"Ti mostrerà la strada e ti porterà alla lampada.
Ricorda, tutti i tesori all'interno saranno tuoi, ma non
potrai toccare niente finché non mi porterai la lampada.
Ripetilo, ragazzo!"

"Non toccherò nulla finché non ti porterò la
lampada," disse Aladdin prima che gli venisse
consegnato l'anello.

Guardando la gemma incandescente, la sua mente
si riempì di immagini. Il Visir non aveva mentito. La
grotta era carica di più oro e gioielli di quanti Aladdin
avesse mai potuto immaginare. Era bellissima.

Ma oltre tutto quello, in un angolo, c'era la
lampada di cui il Visir aveva parlato. Lo chiamava.
Voleva essere salvata e in qualche modo sapeva che
Aladdin era l'unico che poteva farlo.

Infilando l'anello al dito, Aladdin si sentì
improvvisamente invincibile. Muovendo un passo verso
la bocca del leone, sentì la voce del Visir.

"Ricordati, sarà tutto tuo. Devi solo portarmi la
lampada."

Aladdin entrò nella bocca del leone e fu
sommerso da un senso schiacciante di nostalgia. Il
sentimento sembrava millenario. Sembrava un cuscino
d'aria morbido che lo trasportava. E quando la luce del

suo anello illuminò il primo dei gioielli, Aladdin iniziò a credere di essere in un sogno.

"Trovami," gli continuava a dire l'anello.

"Ci sto provando," rispose Aladdin.

"Sono proprio qui davanti. Non mi vedi?"

"Non ti vedo. Tutto ciò che vedo è un tesoro".

Aladdin fluttuava tra ammassi di monete d'oro e artefatti che lo accecavano mentre la luce li colpiva. Presto la grotta divenne luminosa come il giorno. Dov'era quella lampada che lo stava chiamando? Aladdin non si preoccupava nemmeno dell'inestimabile fortuna che aveva davanti. Tutto ciò che desiderava era toccare la lampada. La lampada era tutto ciò che contava.

Più Aladdin penetrava nella grotta, più incredibile diventava il tesoro. Troni d'oro incrostati di smeraldi e rubini. Bastoni a forma di serpente che guardavano Aladdin attraverso occhi di diamante trasparenti. Tutto attorno a Aladdin sembrava etereo e immobile fino a quando qualcosa all'angolo del suo occhio attirò la sua attenzione.

Aladdin si girò di scatto per affrontarlo e si fermò. Aladdin non sapeva cosa stesse guardando. Qualunque cosa fosse, era viva. Era quasi come se stesse cercando di attirare l'attenzione di Aladdin. Era questa cosa che sentiva chiamare implorando salvezza?

Avvicinandosi, Aladdin si rese conto che non era così. La voce solitaria proveniva da qualche altra parte. Lasciando la sua ricerca della lampada, decise di salvare chiunque fosse. Non era quello che era lì a fare, ma il suo cuore si aprì alla creatura intrappolata. Non c'era modo che Aladdin potesse abbandonarla. Il cuore di Aladdin batteva mentre si avvicinava all'animale intrappolato. Sopra di lui,comprese che non era affatto una bestia. Era sottile e piatto come un tappeto. Infatti, era un tappeto, si rese conto Aladdin. Guardandolo, la sua mente fu invasa dalle storie che aveva sentito da bambino sui tappeti volanti. Erano considerati come i cavalli selvaggi. Incantati con la magia, non c'era nulla che potesse domarli. E guadagnare il favore di un tappeto volante era come averlo per tutta la vita.

Ottenendo una visione completa del tappeto magico, Aladdin poteva vedere perché lottava. C'era un grande sasso sul tappeto. Tra tutto l'oro, il sasso sembrava fuori luogo. Era come se la grande pietra fosse stata posta intenzionalmente per tenere il tappeto lì. Doveva esserci una ragione per cui il proprietario della grotta lo aveva fatto, ma non c'era modo che Aladdin potesse passare senza liberarlo.

"Se stai fermo, ti libererò. Me lo permetterai?"

Come se lo avesse capito, il tappeto si stese piatto. Aladdin esaminò la pietra. Era quasi alta come la sua vita. Avrebbe dovuto dare tutto quello che aveva per togliere la roccia dal tappeto. In qualche modo avrebbe dovuto trovare la forza di due uomini.

"Sto per salire su di te. Sei d'accordo?" chiese Aladdin.

Sbalzò su e poi ricadde.

"Bene."

Muovendosi con la luce brillante dell'anello davanti a lui, Aladdin salì sul tappeto e valutò l'ostacolo. Era abbastanza rotondo, ma non era ancora sicuro di come avrebbe fatto. Stava per toccare la roccia, quando sentì parlare l'anello.

"Tocca solo la lampada."

Aladdin si fermò a pensare a quello che aveva sentito. Anche il Visir gli aveva detto lo stesso. Ma sicuramente nessuno di loro si riferiva a questo. Il tappeto volante era una creatura vivente. Sicuramente non ci si aspetterebbe che potesse lasciare soffrire una creatura vivente.

"Tocca solo la lampada," disse di nuovo.

"Toccherò solo la lampada e questo. Solo questo. Nessuno dei tesori, solo questo."

L'anello smise di parlare con lui dopo quella risposta. Aladdin credeva di averlo convinto. Poi, con tutta l'attenzione rivolta alla roccia, si posizionò tra il tappeto e la roccia e spinse con tutte le sue forze.

Come se improvvisamente possedesse la forza di dieci uomini, il masso rotolò. Il fragore echeggiò sulle pareti. Con esso venne il rumore di ciottoli cadenti. Non poteva immaginare che l'eco potesse far cadere qualcosa, ma doveva essere quello che stava succedendo. Prima che Aladdin se ne rendesse conto, i ciottoli cadenti diventarono polvere. E dopo quella venne molto, molto di più.

"Non avrei dovuto toccare nient'altro che la lampada," si disse ancora spingendo sulla roccia.

La roccia si stava muovendo. Era quasi fuori dal tappeto. Aveva ancora un po' da fare. Poi finalmente, quando l'ultimo pezzo di pietra era rotolato via dall'ultimo pezzo di tappeto, il tappeto schizzò da sotto Aladdin come un cannone. E mentre lo faceva, fece scivolare le gambe di Aladdin da sotto di lui facendolo cadere a faccia in giù sulla roccia.

Alzandosi in volo, il tappeto rimbalzò per la grotta. Era come una mosca intrappolata in un barattolo. Colpiva le pareti con una forza tremenda. E ogni volta che lo faceva, portava giù con sé altri frammenti di pietra.

"Devi fermarti, tappeto. Ci ucciderai entrambi," urlò Aladdin mentre si strofinava il volto.

Il tappeto non lo ascoltò, anzi fece cadere ancora più frammenti di grotta.

"Non avrei dovuto toccare niente altro che la lampada," concluse Aladdin prima di guardare l'anello per capire dove doveva andare adesso.

Come un sussurro sotto il rumore delle rocce che si sbriciolavano, la voce nell'anello disse a Aladdin dove andare. La lampada poteva essere trovata su un piedistallo di pietra sul retro della grotta. Ora le pareti gli stavano crollando tutt'intorno. Avrebbe dovuto correre per andare, prenderla e uscire in tempo.

"Tappeto, fermati!" ordinò mentre il tappeto si schiantava contro le pareti sopra di loro.

Il tappeto lo ascoltava. L'unica cosa che restava da fare a Aladdin era abbassare la testa, localizzare il piedistallo e dirigersi velocemente in quella direzione. Quando la lampada entrava nella luce dell'anello, non gli sembrò nulla di speciale. Era solo una comune lampada ad olio. La prese, e non c'era nemmeno dell'olio dentro.

Con la lampada in mano, Aladdin cambiò direzione e corse nuovamente verso l'ingresso. Il soffitto stava crollando con gran fragore. Grossi massi cadevano accanto a lui con un tonfo. Monete d'oro volavano dappertutto, e la grotta si stava rapidamente riempiendo di polvere.

Grazie alla luce del suo anello, la polvere brillava tutta. Aladdin aveva la sensazione di correre contro un muro poroso. Doveva uscire da lì il prima possibile. E doveva sapere dove andare.

"Visir? Dove sei?"

"Sono qui. Hai la lampada?"

"L'ho trovata. L'ho presa."

"Buttamela."

Aladdin non capiva cosa stesse dicendo il Visir. Lui aveva la lampada. Il Visir aveva solo bisogno di farlo uscire tutto sarebbe stato risolto.

"L'ho presa. La porto io. Dimmi solo dove andare," insisteva Aladdin mentre correva verso la voce del Visir.

"Se me la lanci, la prenderò," insisteva il Visir.

"L'ho presa. Aiutami a capire dove andare."

"Semplicemente lanciami la lampada, stupido ragazzino. Devi darmi la lampada!"

Fu all'udire questo che Aladdin vide il suo destino tracciato. Il Visir sapeva che lui non ce l'avrebbe fatta a uscire di lì.

O, forse, non era questo. Forse il Visir stava cercando di dirgli che togliendo la lampada dalla grotta avrebbe impedito il crollo della roccia. Se non lo stava facendo, avrebbe fatto poca differenza. Senza fare qualcosa, la grotta gli sarebbe comunque crollata addosso.

In quel momento, Aladdin decise che avrebbe lanciato la lampada al Visir. Era l'unica speranza che aveva. Doveva solo avere fede che il Visir lo avrebbe salvato in seguito.

Mentre afferrava la lampada e tirava indietro la mano, Aladdin ebbe improvvisamente una visione. Era come se la polvere si fosse diradata. Guardando verso l'ingresso, vide il Visir in attesa. Quell'uomo sembrava malvagio. Aveva le spalle curve e un coltello nascosto dietro la schiena, Aladdin capì che il Visir non aveva intenzione di salvarlo affatto. Tutto ciò che il Visir voleva era la lampada. Una volta che l'avesse avuta, avrebbe ucciso Aladdin o l'avrebbe lasciato lì a morire.

Rendendosene conto, Aladdin rallentò.

"Ragazzo, lanciami la lampada!"

"No," rispose Aladdin.

"Lanciami la lampada o morirai."

"Mi ucciderai comunque," disse infine Aladdin rallentando fino a fermarsi.

"Ragazzo, non hai molto tempo. Lanciami la lampada."

Aladdin era ora abbastanza vicino per vedere il Visir. Anche il visir poteva vederlo. A distanza, si guardarono l'un l'altro mentre la polvere riempiva la grotta.

"Aladdin, puoi avere il tesoro. Semplicemente lanciami la…"

Fu allora che un masso, grande quanto la bocca della grotta, cadde dove si trovava Aladdin. Il Visir guardò con orrore. Il ragazzo era sparito ma, cosa più importante, anche la lampada. Schiacciata. Distrutta. Impossibile da recuperare.

Con essa se ne andò l'anello che lo aveva guidato lì. Se il Visir avesse lasciato la grotta in quel momento non avrebbe mai più potuto trovare la strada per tornare indietro.

"No!" urlò il Visir al cielo notturno completamente nero. La sua fortuna era inimmaginabile. Aveva quasi avuto la lampada tra le mani. Ora era persa per sempre. L'unico aspetto positivo che poteva vedere era che l'unica altra persona che sapeva della grotta era morta. Era una magra consolazione considerando quanto avesse perso, ma almeno era qualcosa.

Capitolo 4

Aladdin

Aladdin guardò l'ingresso pieno di polvere tenendo la lampada. Vedendo il Visir per quello che era, sapeva che il Visir intendeva ucciderlo. Aladdin doveva escogitare un piano. Ma con tutto quello che gli crollava attorno, non ne aveva il tempo. E proprio quando il Visir aprì la bocca per parlare, Aladdin sentì la terra muoversi sotto di lui.

All'improvviso, Aladdin stava cadendo. Almeno, a lui sembrava di cadere. E, in un certo senso, era così. Ma cadde sul tappeto. In un attimo, il tappeto si era infilato sotto i piedi di Aladdin, lo aveva preso su di sé, e l'aveva riportato in sicurezza nella grotta.

Trascorse un po' di tempo prima che il tappeto lasciasse andare Aladdin. Da dove giaceva, Aladdin vide, masso dopo masso, tutto cadere verso di lui. Con una mossa dietro l'altra, il tappeto li schivò fino a quando tutto ciò che rimase fu la polvere. Intrappolato in una valle tra enormi montagne d'oro, il tappeto atterrò e lasciò andare Aladdin.

Aladdin rotolò via rapidamente, tossendo. Guardando di nuovo il tappeto, questo si curvò come se fosse imbarazzato.

Aladdin si chiese se stesse attribuendo al tappeto delle emozioni che non aveva. Aladdin decise che non importava. Il crollo della grotta era colpa sua tanto quanto del tappeto. Gli era stato detto più volte di non toccare nulla, eppure, aveva toccato. Adesso, eccolo lì, intrappolato. Aladdin non poteva credere che stesse per incontrare la sua fine circondato da montagne d'oro che non avrebbe mai potuto spendere.

"Non è colpa tua. È colpa mia per averti salvato," disse Aladdin al tappeto.

Il tappeto sembrò capirlo e si chinò come se si sentisse a disagio.

"Mi dispiace, tappeto. Non volevo dire questo. Avrei semplicemente dovuto correre più velocemente. O, forse, non avrei dovuto accettare la proposta del Visir fin dall'inizio."

Aladdin si guardò intorno considerando il punto in cui tutto era andato storto. L'area era ancora illuminata dal suo anello. La luce ora era brillante.

"Non capisco. Perché questo anello sta brillando?"

Aladdin pensò a come lo aveva guidato. Con quello in mente, spinse l'anello e la lampada insieme. La luce diventò accecante. Era ovviamente un anello incantato progettato per condurre il portatore alla lampada. Ma cosa c'era di così speciale in quella lampada?

Aladdin allontanò l'anello così da poter osservare meglio ciò che aveva in mano. Come pensava, era completamente normale. Da quanto poteva vedere, non era nemmeno d'oro. Era di ottone. E per quanto riuscisse a capire, non c'era neppure scritto nulla.

Aladdin esaminò l'oggetto da vicino. Sì, Aladdin lo confermò. Era polveroso, ma la polvere non nascondeva nulla che potesse valere tutti i guai che aveva causato.

Con crescente frustrazione, Aladdin strofinò la mano libera sul ventre della piccola lampada e stava per lanciarla con tutte le sue forze contro la montagna d'oro. Voleva distruggerla per sfogare la rabbia. Stava per farlo quando dal beccuccio della lampada sgorgò fumo. Un fumo che sembrava non finire mai. Mentre riempiva la caverna, Aladdin pensò che sarebbe soffocato.

Non fu ciò che accadde, tuttavia. Il fumo non salì nel naso di Aladdin né vicino a lui. Sbucava e danzava dal beccuccio della lampada fino a raggrupparsi in alto sopra Aladdin nella forma di… Aladdin guardò di nuovo. Si stava raggruppando nella forma di un uomo.

"Che cosa sei?" gridò Aladdin terrorizzato, ma pur sempre stringendo la lampada.

Il fumo si era formato in un uomo solo dalla vita in su, l'essere fluttuava come se fosse confuso. Ricompostosi, osservò attorno. Sembrava che non riconoscesse dove si trovava. Quando il fumo si dissipò e tutto divenne chiaro, gli occhi del grande uomo si concentrarono nuovamente su Aladdin.

Aladdin ricambiò lo sguardo. Mai in vita sua aveva visto qualcosa come quell'uomo di fumo. Non sapeva se doveva prostrarsi in adorazione o fuggire per la paura.

Guardando giù verso Aladdin per più di un attimo, la creatura incrociò le sue forti braccia e parlò.

"Io sono il genio della lampada. A chi mi ha liberato, concedo tre desideri," disse il genio con una voce profonda e rassicurante.

Aladdin guardò il genio terrorizzato. Cosa doveva fare? Era un trucco o una trappola? Aladdin aveva sentito parlare delle leggende sui geni. Come gli era stato detto, Allah aveva creato tre creature. Dalla luce, aveva creato gli angeli. Dal fango, aveva creato l'uomo. Ma dal fumo, aveva creato i geni.

Erano i geni che si dovevano temere di più. Il loro potere era solo secondario a quello di Allah. E senza una coscienza o una luce, i geni erano ciò che scatenava il caos nel mondo degli uomini. Aladdin, tuttavia, non aveva mai sentito parlare di un genio intrappolato in una lampada. E quando aveva sentito raccontare storie su di loro, in nessun momento erano descritti come quello che ora aveva davanti.

Il genio che fluttuava sopra di lui doveva essere l'uomo più affascinante che Aladdin avesse mai visto. Sotto la luce della gemma, il genio sembrava blu. Ma ciò che era inconfondibile in ogni colore erano le linee scolpite del mento del Genio, e come il suo torso nudo ondeggiava di forza.

"Sei stato tu a strofinare la mia lampada?" chiese il Genio, guardando il ragazzo stupito.

Aladdin non sapeva cosa fare. Lui era l'unico lì e teneva ancora la lampada. Aladdin non poteva immaginare di cavarsela con una bugia.

"Sì. Sono stato io a strofinare la tua lampada. Quindi sono il tuo padrone. Inchinati a me."

Aladdin non aveva idea se quel che stava dicendo avrebbe funzionato. Perché un genio tutto potente si sarebbe inchinato davanti a lui? Ma se c'era una cosa che Aladdin aveva imparato nella sua breve vita, era che quando sei in dubbio, rivendica l'autorità. Se sei già nei guai, probabilmente le cose non peggioreranno. E c'è sempre la possibilità che le cose migliorino.

Il genio guardò Aladdin sorpreso. In un attimo, il genio si rimpiccciolì e si inchinò su un ginocchio davanti ad Aladdin.

"Come desideri, mio padrone."

Fu il turno di Aladdin di guardare il Genio sorpreso. Non in mille anni Aladdin avrebbe pensato che avrebbe funzionato.

"Aspetta, è vero? Sono davvero il tuo padrone?"

"Sono a tua disposizione per eseguire i tuoi ordini."

Aladdin rimase a bocca aperta. Fu allora che capì perché Visir era interessato solo alla lampada. Voleva il genio. Voleva avere il comando dei suoi tre desideri. Era incredibile!

"Allora, mi dici Genio, come funziona? Cosa posso desiderare? Posso desiderare di riportare in vita i miei genitori?" chiese Aladdin euforico.

Il Genio fece una pausa. "Solo la volontà di Allah può riportare in vita i morti."

La gioia di Aladdin calò leggermente per la delusione. Non pensava che una cosa del genere fosse possibile, ma contemporaneamente, era ancora un po' deludente sentirselo dire.

"Allora, cosa puoi fare? Sembra che tu non mi possa essere di grande aiuto," rispose Aladdin, ricordando la sua situazione.

Il Genio guardò Aladdin confuso. Non capiva perché Aladdin avesse un sorriso sul volto.

"Posso esaudire qualsiasi cosa," confermò il Genio.

Intendi dire, eccetto l'unica cosa che vorrei."

Il Genio fissò Aladdin, molto confuso. "Sono sicuro che il mio padrone possa pensare a molte altre cose che desidererebbe oltre a quella."

"No, solo quello. E basta con questo discorso del padrone. Se non mi darai ciò che voglio, non facciamoci illusioni. Chiamami semplicemente Aladdin."

"Sei diverso da qualsiasi altro padrone che ho avuto," disse il Genio, incerto su come comportarsi.

"No, no. Chiamami Aladdin. Quando dimostrerai di essermi utile, allora potrai chiamarmi Padrone," specificò Aladdin.

"Forse il mio padrone non capisce."

"No, no. Cosa ho detto?"

Quelle parole sembravano far male al Genio "Forse Aladdin non capisce. Ci sono innumerevoli cose che posso offrirgli."

"Tipo?" chiese Aladdin incrociando le braccia con scetticismo.

Il Genio guardò in giro. "Ad esempio che posso tirarti fuori da qui."

"Come se potessi credere che tu possa fare una cosa del genere."

"Dubiti del Genio della lampada?"

"Dubito di TE. Se tu sei il Genio della lampada, allora sì, è quello che sto facendo."

A quelle parole, la parte inferiore del corpo del Genio si trasformò nuovamente in fumo e la sua parte superiore tornò a crescere fino a raddoppiare quattro volte le sue dimensioni. "Osi dubitare del potere di un Genio?"

"Ho visto un sacco di trucchi magici. E il tuo trucco del fumo, l'ho visto molte volte prima. Non sono impressionato."

Fu allora che il Genio tolse i suoi occhi da Aladdin. Sapendo cosa sarebbe successo dopo, Aladdin afferrò il tappeto con entrambe le mani. In un soffio di fumo del Genio, Aladdin svanì nel nulla.

Quando Aladdin riaprì gli occhi, era circondato dall'aria secca del deserto. Aladdin era libero, e doveva ringraziare il Genio per questo. Aladdin sorrise sapendo di aver ingannato un Genio truffatore. Ne era molto soddisfatto.

"Ecco, ho dimostrato il mio potere. Ora ti rimangono solo due desideri," disse il potente Genio.

"Due desideri? Non avevi detto che ne avevo tre?" chiese Aladdin con malizia.

"Ho esaudito il tuo desiderio. Ora sei libero. Te ne rimangono due."

"Ma non ho espresso il desiderio di essere portato fuori dalla grotta. L'hai fatto tutto tu. Quindi, per quanto riguarda il primo desiderio…" Aladdin disse orgogliosamente.

Il Genio guardò il ragazzo capendo cosa aveva fatto Aladdin. Non si arrabbiò. Non lo fece ritornare nella grotta. Cambiò invece atteggiamento. Riducendosi alla dimensione di un uomo, si mise di fronte a Aladdin e lo guardò calmo negli occhi.

"Sei molto astuto, Aladdin," disse con meno esitazione. "Molto astuto davvero. Ho incontrato molti uomini intelligenti nei migliaia di anni in cui sono stato maledetto alla lampada. Sai quanti di quegli uomini intelligenti sono riusciti a rendersi felici con i loro desideri? Nessuno di loro. C'è un proverbio che dice di stare attenti a quello che desideri perché potresti ottenerlo."

La gioia che Aladdin stava provando si attenuò immediatamente. Cosa era appena successo? Pochi istanti prima, la creatura di fronte a lui sembrava un avversario abbagliante. Qualcosa era cambiato. Ancora più grande e più alto di Aladdin, il bellissimo genio sembrava più piccolo. E invece di sembrare un dio, il Genio appariva molto umano.

"Aspetta, non capisco cosa sta succedendo?" ammise Aladdin, confuso. "Esaudirai i miei desideri o no?"

Il Genio guardò Aladdin con simpatia. I migliaia di anni che aveva passato intrappolato nella lampada l'avevano reso saggio. Ancora di più, l'avevano reso compassionevole. Il genio si allontanò da Aladdin e guardò il cielo notturno del deserto. Era coperto di stelle.

"È passato molto tempo da quando ho osservato le stelle," spiegò il genio.

Aladdin stava iniziando a capire cosa aveva fatto il suo tentativo di ingannare il Genio. Quello non era l'esito che aveva considerato. Tutta la sua vita consisteva nel trarre in inganno le persone per ottenere ciò che voleva. Era nato con nulla e non aveva mai posseduto nulla. Nessuno lo amava e a nessuno importava se viveva o moriva. Quindi, ovviamente, avrebbe cercato di ottenere il massimo ora che gli era stato offerto qualsiasi cosa. Tuttavia, stava vedendo che il suo approccio era stato un errore.

"Quanto tempo è passato da quando hai visto le stelle?" chiese Aladdin cambiando tono.

"Sono stato in quella grotta, e in quella lampada, per dieci generazioni," disse il Genio, ancora fissando l'orizzonte.

"Che cosa significa? 200 anni?"

Il Genio guardò in alto per fare i calcoli. "Sì, 211 anni. È un sacco di tempo per pensare. Dopo i primi 50 anni, sono impazzito. Durante i successivi cento anni, ho riacquistato la mia sanità mentale."

"E gli ultimi 50 anni?" chiese Aladdin, intrigato.

Il Genio si voltò di nuovo verso Aladdin. "Durante questi ultimi 50, ho riflettuto sul perché sono stato maledetto."

"Perché sei stato maledetto?"

"Ho aiutato l'uomo a distruggersi."

"E adesso?" chiese Aladdin, sentendosi improvvisamente impaurito.

"Ora la mia brama di distruzione è sparita."

"Cosa vuol dire? Voglio dire, per i miei desideri?" chiese Aladdin, ancora incerto di cosa stesse succedendo.

"Significa che ti concederò altri tre desideri. Ma, invece di darti quello che vuoi, ti aiuterò."

"Mi aiuterai?"

"Ho esaudito migliaia di desideri per migliaia di uomini. Non è mai finita bene. Ti aiuterò a desiderare la felicità."

Aladdin fissò il Genio, capendo le sue parole ma senza ancora comprendere cosa stesse succedendo. A cosa si riferiva il Genio? Come poteva il fatto di ottenere quello che si vuole rendere infelici? Aladdin voleva credere che il Genio stesse cercando di sottrarsi alla sua promessa. Eppure, niente nell'aspetto di quell'uomo affascinante di fronte a lui denotava inganno.

E, se Aladdin era onesto con se stesso, lo faceva sentire bene non dover prendere da solo le decisioni più importanti della sua vita. Aladdin aveva passato tutta la vita da solo. Forse quella volta, avrebbe potuto avere qualcuno al suo fianco. Forse avere qualcuno al suo fianco sarebbe stato gradevole.

"Va bene," concordò Aladdin, improvvisamente attratto dall'affascinante uomo.

"Allora, Aladdin, dimmi, cosa desideri?"

Aladdin rifletté per un momento. Il Genio aveva detto che i desideri che aveva esaudito non avevano mai reso le persone felici.

"So qual è il mio desiderio. Desidero essere felice."

"Desideri essere felice?"

"Hai detto che i desideri non hanno mai reso felici i tuoi padroni. Quindi, desidero essere felice," disse Aladdin, più sicuro la seconda volta che lo disse.

Il Genio guardò il ragazzo, incerto su cosa dire. Nei suoi migliaia di anni, nessuno aveva mai chiesto una cosa del genere. "Non posso semplicemente schioccare le dita e renderti felice," ammise il Genio.

L'umore di Aladdin cambiò. "Non puoi riportare indietro i miei genitori. Non puoi rendermi felice. Cosa puoi fare?"

Per la prima volta nella sua esistenza, il Genio rimase senza parole. "La felicità non è come una moneta d'oro. Non è qualcosa che posso semplicemente portare in esistenza. Intendo, potrei farti ciecamente felice. Potrei farti così felice che perderesti interesse a mangiare, o a muoverti da dove stai, ma moriresti di fame. Sono sicuro che non vuoi questo. Vero?"

Aladdin ci pensò su. Il Genio aveva ragione. Non voleva questo.

"Quindi, se non stai per riportare i miei genitori, e io non devo essere felice, cosa dovrei chiedere?"

"Non sto dicendo che non dovresti voler essere felice. È solo che non è qualcosa che posso concederti con un desiderio."

Il Genio rifletté per un attimo.

"Per favore, Aladdin, dimmi qualcosa che pensi ti farà felice."

Fu il turno di Aladdin di pensare. Pensò al tesoro che aveva lasciato nella grotta. Lo aveva voluto così che potesse sposare la principessa. Prima del genio, Jasmine era l'unica che credeva potesse renderlo felice. Lei gli aveva infiammato il cuore. Lei poteva renderlo felice. Aladdin ne era sicuro.

"Desidero sposare la Principessa," disse Aladdin con una crescente sicurezza che finalmente aveva scelto correttamente.

"Non posso farti sposare la Principessa," ammise il Genio con delusione.

"Allora cosa puoi fare?" Aladdin disse esasperato.

"Ho parlato in maniera imprecisa. Posso farti sposare la Principessa. Potrei portarla qui in questo istante. Potrei mettere un uomo santo di fronte a te che vi proclama sposati. Ma, è tutto quello che vuoi? Possesso legale di lei senza il consenso di suo padre? Senza l'accettazione del suo regno?"

"No. Non è questo che intendevo. Intendevo che voglio che lei mi ami. E penso che mi ami."

"Allora, perché hai bisogno che io te la faccia sposare? Perché non glielo chiedi tu stesso?"

"Perché è una principessa e io sono… un nessuno. Forse se mi rendessi un principe, suo padre ci permetterebbe di sposarci. Sì, è questo, Genio. Desidero che tu mi faccia diventare un principe."

"Posso farti diventare principe di un regno e una parata piena di schiavi. Se è quello che vuoi, posso concederlo. Ma non credo che ti aiuterà. Ma, se mi permetti, Aladdin, concederò il desiderio che penso tu voglia. Se me lo permetti, TI AIUTERÒ a sposare la Principessa. È questo il desiderio che vuoi?"

"Che TU MI AIUTI a sposare la Principessa?"

"Con l'aiuto di un Genio, un uomo può spostare montagne," disse con un sorriso di soddisfazione.

A Aladdin piaceva vedere sorridere quell'uomo stupendo. Quella soltato era sufficiente per convincerlo. "Sì, Genio, desidero che mi aiuti a sposare la Principessa."

Fu con quelle parole che il genio crebbe e tornò a trasformarsi in fumo. La sabbia intorno a loro girò e il cielo si illuminò di magia. Con i fulmini che crepitavano lontano sopra di loro, Aladdin si sentì svanire.

Capitolo 5

Genio

Il Genio, vestito da servo, sedeva nella grande sala del palazzo con tutte le persone che aspettavano il loro turno per parlare con il Sultano. Indossava sete pregiate e sedeva con la schiena dritta e una piccola cassa di legno sulle ginocchia. Il Genio sapeva che il Sultano lo aveva notato. Era impossibile non notarlo: il Genio era enorme rispetto a tutti gli altri abitanti della città. E, per di più, la sua brillante tunica bianca lo faceva sembrare un principe.

Quando il Sultano non lo chiamò per parlare, il Genio tornò il giorno successivo. Quando nemmeno allora fu chiamato, il Genio decise di ritornare per la terza volta. Il Sultano, che sedeva accarezzandosi la lunga barba bianca, si chinò verso l'uomo accanto a lui.

"Visir, chi è quell'uomo? È qui da tre giorni," disse il Sultano, non potendo più ignorare il Genio dalla statura possente.

"Non lo so," rispose il Visir.

"Quando tutto qui sarà terminato, conducilo da me. Scoprirò cosa vuole."

"Sei sicuro sia saggio concedergli l'accesso al Sultano così facilmente?" chiese il Visir, non gradendo l'aspetto dell'uomo.

"Io sono il Sultano. Fai come ti dico," ordinò il Sultano, allontanandosi.

Come ordinato, il Visir aspettò che le procedure fossero terminate e poi si avvicinò all'uomo vestito con abiti pregiati. Anche il Visir aveva notato l'uomo seduto lì, ma sperava che se ne andasse e non tornasse più. C'era qualcosa in lui che lo intimidiva. Era troppo calmo. Troppo paziente. Un uomo con tali tratti doveva per forza essere un avversario da non sottovalutare.

"Vieni con me. Il Sultano ti riceverà ora," disse il Visir al genio.

Il Genio seguì il Visir fino alla parte anteriore della sala. Una volta che tutti gli altri se ne furono andati e rimasero soltanto loro tre, il Sultano si avvicinò all'uomo vestito con eleganza.

"Ti ho visto per tre giorni seduto lì, vestito in questo modo, e tenendo in mano quel cofanetto. Sei il servo di un grande padrone o sei il padrone stesso?" chiese il Sultano in tono brusco.

"Sono solo un umile servo," rispose il Genio.

"Eppure indossi gli abiti di un nobile. Come mai?"

"Il mio padrone è molto ricco. Abiti come questi non rappresentano nulla per un uomo come lui."

"E chi è il tuo padrone?"

"Qualcuno che desidera rimanere anonimo a tutti tranne che a Vostra Maestà," disse il genio, guardando il Visir.

"Lasciaci soli, Visir," ordinò il Sultano.

"Maestà, sicuro che sia saggio…"

"Io sono il Sultano. Decido io cosa è saggio. Stai dimenticando il tuo posto, Visir."

Il Visir si mordicchiò il labbro facendo di tutto per trattenersi dal reagire. "Certo, Maestà. Mi scuso. Vi lascerò soli."

Quando il Visir che si inchinò e lasciò i due uomini, il Sultano concentrò di nuovo la sua attenzione sul genio.

"Ora parla. Chi è il tuo padrone e perché sei qui?"

"Il mio padrone è il grande e potente Aladdin. Mi ha inviato qui per chiedere la mano della Principessa."

Il Sultano fece un passo indietro sorpreso. "La Principessa? Chi è questo Aladdin per ritenersi degno di mia figlia e del mio regno?"

"È un uomo della tua città. Uno la cui ricchezza non ha confronti."

"Dopo quella del Sultano?" corresse il Sultano.

"No, Maestà. La sua ricchezza supera di gran lunga la vostra."

Il Sultano rimase scosso. Non aveva mai sentito tanta impudenza. Nello stesso tempo, il Sultano notò la cassa di legno del servo. Se Aladdin desiderava la mano di sua figlia ed era così ricco come l'uomo sosteneva, la cassa doveva contenere qualcosa di buono.

Non lo sapeva nessuno tranne il Visir, ma il suo regno non era così ricco come appariva. Se non fosse stato per il Visir e la sua magica capacità di prendere in prestito oro dagli alleati, il suo regno sarebbe potuto cadere. Per quanto stesse iniziando a detestare il suo consigliere presuntuoso, aveva bisogno del Visir. Ma se Aladdin era ricco come l'uomo sosteneva, poteva essere la soluzione a tutti i problemi del Sultano.

"Allora, dimmi, servo. Cosa hai portato per convincermi a concedere a questo Aladdin il mio regno?"

Il Genio sollevò la cassa, la tenne davanti al Sultano, e la aprì. Al suo interno vi erano tre gioielli: un diamante, uno smeraldo, e un rubino. Tutti e tre erano grandi quanto il pugno del Sultano. Lo splendore che emanavano era quasi accecante.

"Il grande Aladdin vi offre questi in cambio della vostra promessa di concedere vostra figlia in matrimonio."

Il Sultano guardò i gioielli, incredulo. Non aveva mai visto nulla del genere. Erano più preziosi della metà del suo regno.

Sebbene il servo sostenesse il contrario, non c'era modo che qualsiasi uomo della città potesse valere così tanto. Il Sultano doveva essere di fronte a tutto il patrimonio dell'enigmatico Aladdin. Quindi, se il Sultano avesse accettato il dono e non avesse fatto altro, sarebbe diventato più ricco e avrebbe avuto ancora sua figlia da offrire in cambio.

"Accetterò il dono di Aladdin e gli offrirò la mano di Jasmine in matrimonio. Ma ci sarà una condizione. Deve aspettare due mesi prima di venire a reclamare la sua mano. Non può venire prima. Sarà accettabile per Aladdin?"

Il Genio non sorrise. Si limitò ad accettare.

"Il grande Aladdin accetterà le vostre condizioni."

"Bene, bene. E ora i gioielli."

Genie si inchinò e consegnò al Sultano la cassa. "Vostra Altezza."

Il Sultano la accettò. Gli occhi gli brillavano di avidità. IlGenio lo notò.

"Come tutti i grandi uomini, il possente Aladdin non è uno da prendere alla leggera," disse il Genio.

"Proprio come il Sultano," affermò il Sultano, guardando con sdegno il servo. "Diglielo tu ad Aladdin."

Il Genio guardò il Sultano e si inchinò. "Vostra Altezza."

Il Sultano prestò al servo la sua attenzione per un altro istante e poi si allontanò.

Il Genio guardò il sultano allontanarsi. Questi gli ricordava un altro sultano, quello che l'aveva rinchiuso nella caverna. Il Genio aveva da tempo deciso che nessun uomo con un grande potere poteva essere fidato. Si chiese se questo nuovo sultano avrebbe finito per confermare la sua tesi, ancora una volta.

Scomparendo non appena nessuno lo stava guardando, il Genio riapparve nella stanza affittata in cui Aladdin viveva adesso. Era la locanda più opulenta della città e Aladdin aveva la stanza migliore.

"Genio, hai parlato con lui?" Aladdin chiese non appena lo vide apparire.

"Ho parlato con lui e lui ha promesso il matrimonio con la Principessa."

Gli occhi di Aladdin si illuminarono alla notizia. Non poteva crederci. Precipitandosi verso il Genio, Aladdin gettò le braccia intorno al grosso uomo.

"Grazie mille, Genio. Non riesco a dirti quanto significhi per me. Voglio dire, la Principessa è…"

Prima che potesse fermarsi, le lacrime scesero sulle guance di Aladdin. La reazione colse entrambi gli uomini di sorpresa.

"Mi dispiace," disse Aladdin allontanandosi e asciugandosi gli occhi. "È solo che non pensavo mai di avere una possibilità di essere così felice. Non pensavo che avrei mai provato per qualcuno quello che provo per lei. Pensavo di essere spezzato."

Il Genio osservò il ragazzo perdere nuovamente il controllo e piangere. Non riusciva a capire cosa stesse succedendo. Non aveva mai assistito a questa parte dell'umanità. Per l'intera sua esistenza, era stato ricercato da uomini avidi e senza anima. Le uniche emozioni che aveva mai visto erano la lussuria e la rabbia.

Aveva visto piangere degli esseri umani prima d'ora, ma erano per lo più donne e uomini che piangevano per il dolore. Ma ora c'era un ragazzo che piangeva per… cosa? Gioia? Sollievo? Il Genio non ne era certo, ma ciò lo commosse.

Voleva confortare Aladdin, quindi, senza pensarci, posò la sua mano sulla spalla di Aladdin. Sentendo il tocco del Genio, Aladdin abbracciò nuovamente il suo largo torace. Stringendo le sue braccia intorno al giovane, Genio dovette ammettere che stringere Aladdin lo faceva sentire bene.

Nei giorni successivi, il Genio rifletté molto sul momento condiviso tra loro. Più ci pensava e più era confuso. Genio non era sempre stato in grado di apprezzare le emozioni più dolci. Infatti, c'era un tempo in cui non sentiva quasi nulla.

Non tutti i geni sono uguali. Tutti sono stati creati da Allah con un potere illimitato, ma non tutti lo usavano come faceva quel Genio. Quando fu creato per la prima volta, non provava simpatia per le difficoltà degli uomini. Erano dei giocattoli per il suo divertimento.

Distruggeva le case degli uomini per lo stesso motivo per cui un bambino distruggere un nido di formiche, solo per vedere cosa sarebbe successo. E infestava i sogni degli uomini solo per vedere quanto rapidamente poteva farli impazzire.

Fu per questo motivo che gli angeli lo avevano reso schiavo. Essendo stato schiavizzato 10.000 anni fa, il Genio era legato all'olio. Ma quando un geniale padrone ha raccolto l'olio e lo ha messo in una lampada, quella era diventata la sua prigione molto più piccola.

Dopo ciò, era passato di mano in mano. Tuttavia, il Genio trovava sempre modi per vendicarsi. Spesso dava ai suoi padroni esattamente quello che chiedevano. Se il suo padrone gli chiedeva di preparare la cena, Genio lo trasformava nel cibo che altre persone mangiavano. Ciò non giovava a Genio a lungo termine, tuttavia, perché rapidamente qualcun altro avrebbe trovato la lampada e avrebbe chiesto tre ulteriori desideri.

Questa era la vita del Genio per migliaia di anni; appariva, esaudiva tre desideri, la maggior parte dei quali avrebbe maledetto il suo padrone, e poi tornava nella lampada. Ma, quando il Genio si stancò finalmente di tutto ciò, strinse un accordo con l'ultimo padrone, il sultano Mohy al-Din.

Il Genio offrì al sultano dei consigli. Gli suggerì di usare il suo ultimo desiderio per proteggere la sua ricchezza. Il Genio si offrì di fare un anello che solo lui

potesse indossare. L'anello gli avrebbe mostrato dove era
sepolto il suo tesoro, e finché la lampada era chiusa
dentro la grotta, non c'era possibilità che qualcuno
esprimesse il desiderio di avere la ricchezza del sultano
per sé.

Il Genio disse che avrebbe protetto la ricchezza
della sua famiglia per dieci generazioni. Durante quel
tempo, avrebbe avuto modo di riposare. Stava iniziando
a essere stanco del lato oscuro dell'uomo. E all'interno
dell'anello, avrebbe messo una parte di sé. Quella parte
sarebbe andata alla ricerca di qualcuno capace di
rompere la maledizione che lo teneva legato alla
lampada.

Quando Aladdin lo invocò, il Genio credeva di
aver avuto successo. Ma il ragazzo si rivelò un
imbroglione e truffatore come tutti gli altri. Guardare
quel ragazzo piangere, tuttavia, gli fece pensare che la
sua prima valutazione poteva essere stata sbagliata.

Aladdin era diverso da qualsiasi umano che il
Genio avesse mai incontrato. C'era qualcosa nel suo
nuovo padrone che lo attirava verso il ragazzo: era la sua
vulnerabilità. Non aveva mai visto questo lato
dell'umanità prima d'ora. Pensandoci nei giorni
successivi, il Genio poteva solo descriverlo come bello.

"Genio, mi hai mentito," disse Aladdin sbucando
nella stanza.

Scosso dai suoi pensieri riflessivi, il Genio si
voltò verso Aladdin sorpreso.

"Osi accusarmi di averti mentito?" disse il Genio, sfiorando la rabbia che un tempo lo aveva dominato.

"Sì, ti accuso, perché hai mentito. Mi hai detto che il Sultano aveva accettato che avrei sposato la Principessa."

"Come ti ho detto, ha accettato."

"Ma, mi è appena stato detto che domani, la Principessa sposerà il figlio del Visir. Mi hai mentito."

Il Genio sentì i suoi interni ribollire all'accusa. Prima che potesse fare del male al ragazzo, era sparito. Apparendo nel palazzo invisibile alla vista, il Genio camminò in giro cercando di scoprire se quello che Aladdin gli aveva detto era vero. Non ci volle molto per scoprire che lo era. Come tutti gli uomini potenti, il Sultano aveva mentito. Il genio avrebbe potuto distruggere il palazzo in preda alla vendetta, ma invece andò in cerca della Principessa.

Scomparendo dalla grande sala, il genio riapparve nella camera da letto di Jasmine. Non era sicuro di cosa stesse cercando. Forse voleva sapere se quella Principessa valeva la sua ira. Era nel suo diritto cercare vendetta per l'inganno che suo padre aveva commesso. Ma valeva la pena tutto questo? Valeva il cuore di Aladdin?

Ciò che il Genio trovò non poteva sorprenderlo di più. La Principessa era diversa da qualsiasi donna di rango che avesse visto. Aveva un aspetto quasi maschile con i suoi capelli corti e il viso non truccato. Più di ogni altra cosa appariva innocente. Così al Genio si spezzò il cuore trovare la vulnerabile ragazza seduta di fronte a uno specchio a piangere.

Il matrimonio chiaramente non era stata una sua idea. Poteva percepire la sua esitazione. Amava qualcun altro. Aladdin aveva detto che lei lo amava. Doveva avere ragione. Erano loro due che dovevano stare insieme.

Mentre il Genio stava fisso a guardare Jasmine, non poteva fare a meno di pensare a qualcos'altro. Non poteva fare a meno di trovarla familiare. Dove l'aveva vista prima? Aveva passato gli ultimi 200 anni in una lampada.

Naturalmente, non tutto di lui era nella lampada. C'era una piccola parte di lui legata all'anello. Lei aveva già posseduto l'anello? Il Genio non poteva esserne sicuro. Tutto quello che sapeva era che doveva mettere insieme Jasmine e Aladdin. E doveva farlo in un modo che potesse permettere loro di stare insieme per sempre.

Cioè che, per quanto ingannevole fosse suo padre, avevano bisogno del suo consenso. Doveva escogitare qualcosa. Mentre il Genio guardava quello che sarebbe stato il letto nuziale di Jasmine, gli venne in mente un'idea.

Capitolo 6

Jasmine

Jasmine giaceva sul suo letto nuziale, fissando negli occhi il ragazzo che Visir le aveva detto fosse morto.

"Aladdin, cosa fai qui?" chiese stupita.

"Sono tuo marito, promesso a te da tuo padre," rispose Aladdin con un ghigno.

"Ma tu non sei mio marito. Ho guardato in faccia la sua bruttezza e ho promesso la mia vita a lui. Oh, Aladdin, è stato terribile. Non volevo farlo."

"Questa è la vita di una Principessa. Se solo fossi una contadinaccia come me."

Jasmine si bloccò, capendo il riferimento.

"Aladdin, mi dispiace tanto di averti mentito. Non era mia intenzione. Stavo solo cercando di scappare da tutto questo. Tutto quello che volevo fare era scappare. E poi ho incontrato te."

"Non sei l'uomo che pensavo fossi, Principessa," disse Aladdin con un sorriso.

Jasmine, che si sentiva imbarazzata e provava vergogna, rise. "Già. Immagino di no."

"Ti perdono, però. Io sono fatto così."

Jasmine guardò Aladdin stupita. Che cosa stava facendo lì? Come mai stava accettando così bene la verità sul suo sesso? L'aveva baciata pensando fosse un ragazzo. Non faceva più differenza per lui adesso?

"Ma Aladdin, come puoi perdonarmi? Mi sono finta un ragazzo e ci siamo baciati…"

"Oh, pensavi che ci credessi? Pensavi davvero che credessi che tu fossi un ragazzo?"

Aladdin rise.

"Se avessi pensato che tu fossi un ragazzo, perché ti avrei baciata?"

Jasmine fissò Aladdin confusa. Non aveva spiegato lui a Jamar che era normale per i ragazzi stare insieme quando non c'erano ragazze nei paraggi? Jasmine era sicura di non averlo frainteso. Aveva ripassato la conversazione nella sua mente più e più volte cercando di capirla da quando era tornata al palazzo.

Il pensiero che quello era ciò che succedeva tra i ragazzi l'aveva addirittura eccitata. Era stata la considerazione di una tale dolcezza a darle sollievo quando pensava al bruto che stava per sposare.

"Quindi sapevi che ero la Principessa?" chiese Jasmine cercando di mettere insieme la sua storia.

"La principessa? No. Ma, ovviamente sapevo che eri una ragazza. Se ci pensi, era piuttosto ovvio."

Jasmine fissava Aladdin non sapendo che cosa pensare. Da un lato, si sentiva meglio a credere che non l'avesse ingannato. Le piaceva Aladdin più di quanto pensava fosse possibile. Le faceva piacere. Ma, a parte tutto, c'era qualcosa che doveva assolutamente sapere.

"Aladdin, cosa stai facendo qui?" chiese Jasmine sbalordita.

"Cosa faccio qui? Principessa, questo è il mio letto. La domanda è, cosa ci fai tu qui?" rispose Aladdin divertito.

"Il tuo letto? No. Questo è…"

"Il tuo letto nuziale?"

"Come fai a saperlo?" chiese Jasmine vergognandosi.

"Come ho fatto a sapere che la Principessa si stava sposando?"

Jasmine abbassò lo sguardo. "Immagino che tutti lo sappiano. Non volevo farlo, Aladdin," disse all'improvviso. "Non con lui. Non con nessun'altro."

"Con nessun'altro?" chiese Aladdin in tono dubbioso.

"Con nessun'altro!" confermò Jasmine.

Aladdin rimase sorpreso dalla sua dichiarazione, ma Jasmine non gli diede la possibilità di reagire.

"Ma, questo non spiega come sei finito nel mio letto."

"Ti ho detto, Principessa, non siamo nel tuo letto. Tu sei nel mio."

“Ma come?”

“Magia.”

“Magia?”

“Sì. Va bene così?” chiese Aladdin capendo all’improvviso che le cose non stavano andando come previsto.

“E dov’è… mio marito.”

“Te l’ho detto, io sono tuo marito.”

“Sai a chi mi riferisco.”

“Lui è tornato nel tuo letto nuziale probabilmente avrà già degli incubi.”

“Non capisco,” disse Jasmine avendo difficoltà a far quadrare tutto.

“Ho un amico che si è offerto di darci una mano a riunirci. Va bene?” chiese Aladdin esitante.

“Vuoi dire a salvarmi?”

“Umm, sì.”

“Certo, va bene. Grazie, Aladdin,” disse gettandogli le braccia al collo. “Ma, non capisco ancora come abbia fatto. Come sono finita qui? E, dove sono?”

“Bè, ti trovi dall’altra parte della città in una stanza che sto affittando. E, te l’ho detto. Magia.”

“Aspetta, una stanza che stai affittando? Sei tornato al casinò?” chiese eccitata. “Quanto hai vinto?”

“Non è il casinò, ma ora ho più soldi di quanti ne tu possa mai immaginare.”

“Come?”

“Magia.”

Jasmine fissò Aladdin non credendo a quello che diceva ma non sapendo a cos'altro credere.

"Se tutto quello che dici è vero, allora perché stiamo ancora qui. Scappiamo."

"Posso fare di meglio," disse Aladdin con un sorriso enigmatico.

"Cosa?"

Aladdin le tese la mano. Lei gliela diede e lui la condusse fuori dal letto. Realizzando che lei era in camicia da notte, Aladdin esitò. Non aveva mai visto una ragazza in una camicia da notte elegante prima. Era bellissima.

"Cosa c'è?" chiese Jasmine non sapendo cosa lui stesse fissando.

"Niente, vieni con me."

"Dove?"

"Solo qualche passo."

"Cosa intendi con qualche passo?"

Prima che Jasmine potesse finire di parlare, il tappeto su cui erano saliti s'intirizzì da sotto. Jasmine strillò. Con un morbido tonfo, i due caddero nel tessuto morbido dietro di loro. Il tappeto si era radunato formando un sedile. E, avvolgendosi tutto intorno a loro, il tappeto era salito in aria portandoli via.

"Cosa sta succedendo?" chiese Jasmine con gli occhi spalancati.

"È un tappeto magico," rispose Aladdin ridendo.

"Un tappeto che cosa?"

"Rilassati. Mi avevi detto una volta che volevi vedere la città. Bè, è quello che faremo. Da qui su, è tutto un nuovo mondo," disse con gioia.

Per un po', Jasmine rimase persa nei pensieri che la portavano a credere di stare sognando. Ma, con la fresca aria notturna del deserto che le sferzava i capelli, sapeva che non poteva inventarsi una simile cosa. Guardando oltre il bordo, Jasmine realizzò quanto fosse magnifica la città vista da dove si trovavano. Fu allora che Jasmine cominciò a rilassarsi. Poteva a malapena credere a ciò che stava accadendo, ma non poteva negarlo. Era sul tappeto volante con il ragazzo di cui era innamorata. Quella notte era magica.

Aladdin e Jasmine volarono intorno alla città fino quasi all'alba. Jasmine avrebbe potuto continuare a volare per sempre, ma Aladdin insistette per riportarla indietro.

"Ma, potremmo semplicemente andarcene," insisteva Jasmine. "Hai detto che hai denaro. Potremmo volare via e non tornare mai più."

"E la tua famiglia? E il tuo regno?"

"Non è il mio regno, e io sono solo proprietà di mio padre. Mi ha dato in sposa senza chiedermelo. Non mi ha nemmeno detto che l'avrebbe fatto. E, tra tutte le persone, mi ha sposata al figlio del Visir. È terribile, Aladdin. Se mi ami, allora per favore, andiamocene."

Il cuore di Aladdin si spezzò nell'ascoltarla. Avrebbe voluto tanto scomparire nella notte con lei, ma non era quello il piano del Genio. Aveva dato istruzioni molto chiare. Aladdin doveva far vivere a Jasmine una notte indimenticabile. Solo questo.

Per di più, doveva comportarsi da gentiluomo. Finora era riuscito. Doveva solo fidarsi che il suo amico vecchio di 10.000 anni sapesse cosa stesse facendo.

"Jasmine, non desidero altro che volare via con te e non tornare mai più indietro. Ma non posso. Ti prometto però che, se lo vuoi, tornerò domani. E domani viaggeremo ancora più lontano. Ti mostrerò posti che non avresti mai immaginato."

"Intendi dire i posti di cui ho letto nei miei libri?"

"Luoghi oltre l'immaginazione," disse Aladdin, pronto a dire qualsiasi cosa per far stare meglio la sua amata.

"Va bene. Ritornerò al palazzo. Ma, devi promettermi che tornerai. Lo prometti?"

Aladdin sorrise mentre il tappeto volava di nuovo attraverso la finestra e li depose ai piedi del suo letto.

"Lo prometto," disse Aladdin, stando di fronte al suo amore.

"Bene," disse Jasmine con un sorriso incerto.

Tenendogli la mano, Jasmine non voleva lasciarlo. Quando sentì che lui la stava mollando, allentò la presa. Stava per salire sul letto, quando si voltò rapidamente verso Aladdin e gli gettò le braccia al collo. Trovando le sue labbra, Jasmine lo baciò. Le loro labbra premettero l'una contro l'altra inviando scosse elettriche tra le sue cosce. Sentì tutto questo stringendogli la mano.

Jasmine riusciva a malapena a staccarsi da lui. Quando ci riuscì, risalì sul letto. Mantenendo gli occhi fissi su Aladdin, fu come se per magia lui e la stanza affittata scomparissero per essere sostituiti dalla sua camera da letto e dalla cruda luce del mattino.

Jasmine si sedette rapidamente. Tutto intorno a lei era esattamente come lo ricordava dalla notte precedente. Tutto era al suo posto, compreso l'orribile uomo con cui era entrata a letto. Durante il sonno era ancora più brutto. Abdul Waali aveva una sorta di sguardo imbronciato sulla faccia. Bastò un respiro di Jasmine per svegliarlo.

"Ah!" urlò al risveglio.

Guardandosi attorno incerto di dove si trovasse, Waali vide Jasmine. Urlò di nuovo. Jasmine si ritrasse spaventata. Ma quando vide il suo nuovo marito indietreggiare a tal punto da cadere dal letto, Jasmine si rilassò e rise un po'.

"Stai bene?" chiese Jasmine, più per curiosità che per preoccupazione.

Waali fece capolino dal bordo del letto. Sembrava terrorizzato. Jasmine si ricordò che Aladdin le aveva detto che il suo nuovo marito aveva incubi. Se vedere Aladdin era stato un sogno, era sicuramente stato un sogno rivelatore.

Senza dire una parola, Waali si precipitò in fretta sul pavimento e verso la porta della camera da letto. Per un attimo, Jasmine si chiese dove stesse andando. Ma subito realizzò che non importava, purché non stesse lì.

Con Waali che se ne andava di corsa, Jasmine si sentì più rilassata di quanto non fosse da molto tempo. Distesa sul letto, chiuse gli occhi e si addormentò. Quella mattina sognò cose meravigliose. Nel sogno, il robusto operaio che aveva visto parlare con il Visir quando costruiva il suo passaggio segreto, si avvicinava a lei guardandola intensamente negli occhi. Il suo sguardo la faceva sciogliere. Come se fosse una bambola di pezza, lui avvolse le sue grandi mani attorno al suo fianco e la tirò a sé. Sentì il suo petto nudo e villoso contro il suo seno, e con il cuore che batteva furiosamente, la sollevò fino alle sue labbra e i due si baciarono.

Con le sue labbra carnose sulle sue, la mente di Jasmine girava vorticosamente. Si sentiva debole. Mentre si baciavano, la sua mascella si rilassò. Quando le sue labbra si separarono, la lingua dell'affascinante operaio entrò nella sua bocca in cerca della sua. Non avrebbe mai potuto immaginare le sensazioni che ne sarebbero seguite. Con il cuore che martellava e il sesso che pulsava, rilassò il corpo. Come se stesse per svenire, tutto si fece buio.

La cosa successiva che Jasmine provò fu aprire gli occhi. Erano passate delle ore. L'incontro con l'operaio era stato un sogno. Doveva esserlo. Lo capì perché era riposata. Anzi, era più che riposata, si sentiva abbastanza energica da affrontare il mondo.

Alzandosi dal letto, le sue ancelle entrarono per occuparsi di lei. Entrando nel suo bagno, si spogliò mentre le sue ancelle si affrettavano a raccogliere i suoi vestiti. E invece di tuffarsi immediatamente nella vasca, si sedette sul bordo con il corpo nudo completamente esposto.

Certo, le sue damigelle avevano lo sguardo distolto, ma quanti altri la guardavano mentre faceva il bagno? Sapeva di essere osservata mentre dormiva. Sapeva di essere osservata mentre mangiava. Quindi, quanti servitori la stavano fissando in quel momento?

In passato, non le piaceva pensarci. Quella mattina voleva che tutti la guardassero. Il loro sguardo la faceva sentire viva e ne desiderava di più.

Con sorpresa di Jasmine, non vide il suo nuovo marito fino a quando non fu di nuovo il momento di tornare nel loro letto matrimoniale. Jasmine era consapevole che il suo compito era quello di consumare il matrimonio. Detestava l'idea di un uomo così brutto che le mettesse le mani addosso. Ma qualcosa le diceva che Aladdin non avrebbe permesso che ciò accadesse.

Jasmine non era impaziente di tornare a letto con lui. Ma non lo temeva neanche. Ciò a cui pensava tuttavia, era la possibilità di rivedere Aladdin. Lui le aveva detto che le avrebbe mostrato luoghi che non poteva immaginare. Che cosa poteva significare? Il suo corpo formicolava per le possibilità. E quando fu il momento di ritirarsi in camera da letto, il Visir era di nuovo lì per accompagnarli.

Jasmine camminò accanto al suo abominevole marito come una donna con un segreto. Il Visir notò il suo stato d'animo, ma non disse nulla. Ciò che lo preoccupava di più era l'espressione sul volto di suo figlio. Waali sembrava a disagio, se non nauseato.

Rinchiusa di nuovo nella sua camera da letto e nella loro camera nuziale, Jasmine indossò i suoi abiti notturni, permettendo a suo marito di fare lo stesso. Jasmine lo guardò, compiaciuta. Sembrava veramente spaventato all'idea di salire di nuovo sul loro letto. Questo fece desiderare a Jasmine di entrare nel letto ancora più velocemente. Così, scivolando sulle leggere lenzuola di seta, si posizionò sul gomito e si voltò verso Waali.

"Non vieni con me?" chiese con un sorriso complice.

"Certo," rispose lui, senza riuscire a fingere coraggio.

Lentamente, si avvicinò. Mettendo una mano per testare il materasso, finì per sedersi sul bordo del letto.

"C'è qualcosa che non va?" chiese Jasmine, assumendo il ruolo della moglie devota.

"No. Niente," insistette l'uomo spaventato.

"Allora ti prego, unisciti a me, marito," disse sfidando l'uomo che l'aveva acquisita come una schiava.

Fu allora che l'espressione di Waali cambiò. Riconobbe quello che Jasmine stava facendo. Lo stava sfidando. Non era sicuro del perché sembrasse così compiaciuta di sé e sicura, ma non c'era modo che avrebbe lasciato che la sua moglie ragazzina lo facesse passare da stupido. Aveva intenzione di prendere il suo corpo come era suo diritto di marito. E avrebbe cancellato quel sorrisetto dal suo volto.

Nel momento in cui Waali fu completamente sul letto, la stanza attorno a Jasmine cambiò.

"Ciao, mia principessa," sentì dire Aladdin.

"Aladdin!" disse trovandolo seduto ai piedi del letto.

Eccitata, Jasmine si sedette e gli gettò le braccia intorno al collo. Non voleva lasciarlo.

"Hai detto che mi avresti mostrato il mondo," disse, con le dita ancora a contatto col suo torace nudo.

"L'ho fatto. Sei pronta?"

"Non sono mai stata più pronta," proclamò eccitata.

"Allora, andiamo," disse Aladdin prendendole la mano e guidandola verso il tappeto magico.

A differenza della notte precedente, questa volta Jasmine era pronta. Seduta sulle sue ginocchia, la parte anteriore del tappeto si sollevò fino alle sue mani. Si aggrappò, e Aladdin si inginocchiò accanto a lei. Sollevandosi in aria, volarono via.

Come un lampo, il tappeto li portò fuori dalla città e sopra il deserto. Jasmine non aveva mai immaginato quanto fosse grande il deserto. Si estendeva all'infinito e, nonostante la loro altezza, si spingeva fino a dove gli occhi potevano vedere.

Dopo arrivarono le foreste. Illuminati solo dalla luce della luna piena, gli alberi sembravano un mare di verde. Essendo cresciuta circondata dalla sabbia, le era difficile credere che tali luoghi esistessero. Poi c'erano specchi d'acqua così grandi che sembravano oceani, e poi terre così estranee che tutto quello che Jasmine poteva fare era fissare.

"Si chiama Colosseo," disse Aladdin mentre volavano attorno al monumento. "Centinaia di anni fa, qui davano in pasto le persone ai leoni," spiegò.

Jasmine ne fu orripilata. "Erano barbari."

"No. I barbari erano coloro che venivano dati in pasto ai leoni. Le persone che li lanciavano erano i Romani," disse Aladdin con un sorriso birichino.

Jasmine si voltò verso Aladdin turbata ma colpita dal fatto che Aladdin sapesse quelle cose.

Poi, volarono attraverso templi e auditorium di marmo.

"Questi sono templi dedicati agli dei greci," spiegò Aladdin.

Volando attraverso l'Egitto, Aladdin disse: "Queste si chiamano Piramidi. È qui che gli egiziani seppellivano i loro re."

Più tardi Aladdin indicò la Sfinge e poi la Mecca. Volarono attraverso un enorme tempio scavato nel fianco di una montagna in India. Sorvolarono una gigantesca statua di Buddha seduto, scolpita nelle rocce sopra un fiume in Cina. E poi volarono lungo una muraglia così lunga che Jasmine non poteva credere che fosse stata creata dagli uomini.

Quando i due tornarono nella stanza affittata da Aladdin, l'alba si stava avvicinando. Jasmine era stupefatta. Non aveva mai nemmeno immaginato che tali cose esistessero.

"Come facevi a sapere tutte queste cose?" chiese Jasmine guardando Aladdin con stupore.

"Un amico me l'ha detto," rispose Aladdin con un sorriso.

"Un amico, eh?" ripeté Jasmine in ammirazione.

In piedi davanti al letto, Jasmine desiderava solo una cosa, voleva essere toccata. Voleva essere consumata dall'uomo che stava davanti a lei. Voleva sentire di essere una sola cosa con lui.

Se avesse potuto, avrebbe fuso il suo corpo nel suo. Non sapeva cosa voleva fare, ma mentre aspettava che lui la prendesse, Aladdin si chinò e le prese le spalle tra le sue forti mani.

Baciandola come se fosse la prima volta, Jasmine anelava di essere conquistata da lui. Inclinando la testa all'indietro, separò le labbra e permise alla sua lingua di entrare. Avendone sognato, mandò la sua lingua in cerca della sua. Insieme, le due lingue danzarono.

Per Jasmine era doloroso respirare. Il suo petto le sembrava pesante mentre ansimava. E proprio quando era sicura che Aladdin stesse per farla diventare donna, caddero sul letto e Jasmine si svegliò nel Palazzo.

"No!" esclamò lei, svegliando di sobbalzo suo marito.

Jasmine era così eccitata che forse avrebbe persino ceduto a lui se lui non fosse fuggito dal loro letto urlando. Waali sembrava aver visto un fantasma. Considerando la magia che circondava il loro viaggio, Jasmine non dubitava che fosse così.

Ma, stanca, sopraffatta, ed incredibilmente desiderosa, tutto quello che Jasmine poteva fare era tirare le lenzuola tra le sue gambe per trovare conforto. Estremamente stimolata, poteva solo cercare di dormire. Il sonno arrivò in fretta, ma Jasmine non riposava. Il suo bellissimo operaio era tornato. Questa volta, Jasmine era nel suo letto mentre lui si avvicinava indossando solo i pantaloni di seta.

Jasmine strisciò verso il lato del letto per salutarlo. Lui non si chinò. Lei, invece, ancora seduta a gambe incrociate, guardò il rigonfiamento nei suoi pantaloni. Si era chiesta a lungo come fosse quel rigonfiamento senza copertura. Non ostacolata dal mondo reale, Jasmine alzò le mani, afferrò la cintura dei pantaloni e glieli abbassò.

Ciò che vide non era né sfocato, né indefinito. Era chiaro e affascinante. Da tra le sue gambe pendeva qualcosa che sembrava un cetriolo, ma doveva essere più lungo e più spesso di qualsiasi ne avesse mai visto. Mentre l'affascinante uomo guardava giù, Jasmine allungò la mano per afferrarlo. Quando lo toccò, si mosse. All'inizio si era solo contratto, ma mentre lo teneva stretto, crebbe in dimensioni fino a stazionare davanti a lei.

A Jasmine piaceva tenere il cetriolo dell'affascinante uomo tra le sue mani. Non voleva lasciarlo. Desiderando sentirne l'odore, premette il viso contro. Odorava di terra. Il suo profumo le fece desiderare di assaggiarlo. Quindi, trascinandolo sul suo viso, aprì la bocca e permise alla punta di sfiorare il suo morbido labbro.

Lo voleva. Ne aveva bisogno. E, avendo deciso di prenderlo, lasciò la morbida punta scivolare sulla sua lingua prima di aprirsi del tutto e lasciare entrare il membro dell'affascinante uomo. Chiudendo gli occhi, lasciò che la sua lingua esplorasse la lunghezza di quel membro. Aveva un sapore meraviglioso. E quando la carne tra le sue gambe doleva al punto da costringerla a afferrarlo con l'altra mano, il suo piccolo dito scivolò tra le pieghe viscide, e fu colta da una rivelazione.

Come se fosse stata frustata fuori dal paradiso, Jasmine si svegliò di botto. Sapeva cosa voleva fare.

Sapeva cosa doveva fare. Sentiva che, se non l'avesse fatto, sarebbe scoppiata.

C'era però solo una persona con cui voleva farlo. E se fosse almeno un po' fortunata, avrebbe avuto l'opportunità di farlo con Aladdin quella notte stessa.

Jasmine lasciò il suo letto e portò avanti il resto della sua giornata. Si sentiva così tesa che non osava interagire con nessuno. Se avesse aperto la bocca, non si sapeva cosa sarebbe potuto uscirne. Così, quando arrivò l'ora di andare a letto e suo marito non era lì, andò a cercarlo.

"Marito, è ora di andare a letto," disse Jasmine.

"Non lo farò," esclamò lui a suo padre.

"Entrerai nel letto di tua moglie e adempirai ai tuoi doveri coniugali, o non sei figlio mio," gli disse il Visir.

"Ma tu non capisci," replicò Waali. "Quei sogni… sono orribili!"

"Hai paura di qualche sogno?" lo derise Jasmine perdendo pazienza.

"O te ne vai nel tuo letto matrimoniale o vai via da questo palazzo e non ci torni mai più," gridò il Visir al figlio terrorizzato.

Quello fu sufficiente per convincere Waali. Con esitazione, seguì Jasmine mentre correva praticamente verso la loro camera da letto. Era disposta a provare a dormire nel letto senza di lui. E se la sua presenza fosse necessaria per fare apparire Aladdin? Non era disposta a

correre il rischio. Non quella notte. Non con il suo corpo
dolorante come se fosse bloccato in una completa
contrazione.

"Entra nel letto," ordinò Jasmine dopo che furono
rinchiusi nella loro stanza.

"No. Sei tu che stai facendo tutto questo. Lo so.
In qualche modo sei tu."

"Io sono solo una donna indifesa. Come potrei
essere responsabile dei sogni che fai?" disse Jasmine,
togliendosi i vestiti e rimanendo nuda.

Non passò molto prima che Jasmine si trovasse di
fronte al suo nuovo marito nuda. Questo attirò
l'attenzione di Waali.

"Mi desideri?" chiese Jasmine considerandolo per
un secondo.

Waali guardò il bel corpo nudo di Jasmine. Lo
attirava facendogli dimenticare tutti gli orrori delle notti
precedenti.

"Sì," disse Waali, incapace di distogliere lo
sguardo da lei.

Fu allora che Jasmine si catapultò sul letto.
Posizionandosi all'estremità di esso, spalancò le gambe
mostrandogli la sua vulva ingrossata.

"Allora vieni a prenderla," lo stuzzicò sollevando
i seni con un respiro profondo.

Quello fu il colpo di grazia. Attirato dal suo
corpo giovane e bello, Waali balzò attraverso la stanza
sul letto. Ma appena si trovò sul materasso, il mondo

attorno a Jasmine cambiò e al suo posto si trovò di fronte Aladdin. Ci mise un momento a riconoscere quello che stava vedendo, ma quando lo fece, il suo brillante sorriso fu sostituito dalla sorpresa.

Jasmine scorse Aladdin e non si mosse. Non era imbarazzata che Aladdin la vedesse così. Anzi, lo voleva. Ma presto si sentì così vulnerabile e delicata sotto il suo sguardo che si sentì costretta a parlare.

"È … È normale per me sembrare così?" chiese Jasmine sinceramente.

"Certo," rispose Aladdin, rimanendo immobile.

"Hai pensato che fossi un ragazzo quando ci siamo incontrati," disse Jasmine, parlando senza pensarci.

"Non ho…"

"Hai pensato. So che l'hai fatto. Ed è normale. È normale che sotto, io abbia questo aspetto?" chiese Jasmine in modo vulnerabile.

"Sei bellissima," rispose Aladdin parlando dal profondo del suo cuore.

"Sei mai stato con una ragazza prima d'ora?"

"No. E tu, sei mai stata con un ragazzo?"

"No," disse Jasmine, rifiutandosi di considerare i suoi sogni. "E tu, sei stato con un ragazzo?"

Le labbra di Aladdin si strinsero. Non riusciva a parlare. Scosse invece la testa in segno di assenso.

"Ti è piaciuto?" chiese lei, sentendosi ancora più eccitata.

Aladdin scosse di nuovo la testa.

"Mi farai quello che hai fatto a lui?" disse Jasmine, tremando come una foglia.

"Sì," disse finalmente Aladdin prima di slanciarsi verso il letto, spogliandosi mentre si muoveva.

Quando i loro due corpi nudi si ritrovarono, era come la notte che trova l'alba, erano completi. Aladdin avvolse le braccia intorno a Jasmine, sentendo il suo capezzolo eretto premere contro il suo petto. Gli fece girare la testa. E quando le loro pance si alzarono l'una verso l'altra, la vagina di Jasmine si strinse sentendo l'erezione tra i due.

Aladdin teneva Jasmine come se sapesse cosa stava facendo. I suoi movimenti non erano né del tutto dolci, né violenti. Alzando una mano, afferrò i suoi capelli ancora corti e le tirò indietro la testa. Jasmine gemette sorpresa. Ma quando Aladdin le baciò il collo spingendo il mento sotto il suo, lei fremette di piacere desiderando che non si fermasse.

Perdendo improvvisamente completamente il controllo, Aladdin lasciò i suoi capelli e la spinse sul letto. Jasmine lo guardò negli occhi. Sembrava un uomo selvaggio e lei lo amava. Muovendosi con determinazione, Aladdin trovò i suoi polsi e li tenne fermi. Spingendoli sopra la sua testa, la baciò di nuovo. Stava tornando ad essere aggressivo.

Trasferendo entrambi i polsi in una mano, si abbassò massaggiandole il seno. Jasmine si chiedeva se avesse fatto questo ai suoi ragazzi. Ma presto non le importò. Avere la sua mano su di lei era incredibile.

"Trattami come uno dei tuoi ragazzi," disse di nuovo.

A quel punto, Aladdin si fermò, la guardò negli occhi, e poi si mise al lavoro. Lasciando i suoi polsi, Aladdin si abbassò e prese il suo capezzolo. Jasmine non se lo aspettava. Senza pietà, strinse.

"Ah," gemette.

Le faceva male? Non ne era sicura. L'unica cosa che sapeva era che ne voleva ancora.

Strizzando più e più forte, Aladdin baciò lungo il suo ventre, superando la cintola. All'inizio non era sicura di cosa stesse facendo ma lo capì in fretta. Con la lingua sul suo clitoride eretto, la stava accontentando.

Aveva fatto questo all'uomo affascinante nei suoi sogni. Aladdin la stava trattando come un ragazzo. Questa era la tenerezza segreta che i ragazzi esprimevano l'uno con l'altro quando erano soli. Solo il pensiero fece spasimare il suo corpo.

Non aveva mai sentito tanto piacere. Si sentiva meglio mai. Infatti, era meglio di qualsiasi cosa avesse mai fatto a se stessa.

Aladdin premette le labbra più forte sulle sue sfere carnose più lei si agitava. La sensazione la stava facendo impazzire. Alla fine, tutto quello che poté fare fu scendere e afferrare i capelli di Aladdin. Tirandoli forte come poteva, riuscì a farlo fermare.

Solo allora il suo costante spasmo si rilassò.
Gridò di piacere. Il suo corpo sembrava un peso di
piombo. Per quanto si sforzasse, non riusciva a muoversi.
Fu allora che Aladdin la girò e le mostrò come fosse
davvero l'amore tra ragazzi.

Mentre Jasmine giaceva lì, inerme e indifesa,
Aladdin le divaricò le gambe. Non capì subito cosa
stesse succedendo. Alla fine lo capì. Stava scostando le
sue natiche. Tra di loro, aveva inserito la sua lingua.

Le piaceva? Non ne era sicura, ma sapeva che
non voleva che smettesse. La sua lingua stava
esercitando pressione sul suo ano. Sapeva dov'era?
Doveva saperlo. E perché, in nome di Allah, si sentiva
così bene?

"Sì," gemette Jasmine decidendo che ne voleva di
più. "Per favore. Più forte," supplicò senza sapere cosa
sarebbe successo dopo.

Aladdin afferrò le sue natiche sentendo la sua
richiesta. Era fuori di sé. Rimuovendo la lingua, mosse le
mani sulla sua schiena. Cosa stava facendo? Con
ciascuna delle sue gambe tra il suo ginocchio e le sue
dita dei piedi, spalancò ancora di più le gambe. Poi,
spingendo le mani su di lei, premette il suo petto contro
il suo sedere e fece scorrere il petto lungo il suo corpo.

Poté sentire ogni centimetro di lui. Il suo petto
rotondo riempiva la curva della sua schiena bassa mentre
le sue grandi mani coprivano le sue scapole. Il suo
stomaco resistente dominava i picchi del suo corpo,

mentre le sue mani scendevano dalle spalle e dalle braccia. Così, quando il membro eretto do Aladdin raggiunse il suo ano ben lubrificato e si fermò, sentì anche quello.

Non si fermò a lungo, comunque. Non appena premette sul l'ano di Jasmine, questo cedette. Aladdin spinse i suoi fianchi, penetrando Jasmine come lei non avrebbe mai immaginato.

"Ahhhhhh!" gemette senza fine.

All'inizio le fece molto male, ma fu stupita di come rapidamente il dolore si trasformò in piacere. Questo doveva essere. Doveva essere così che i ragazzi si amavano. Pensare a ciò la faceva sentire ancora meglio. E più Aladdin la penetrava, più era piacevole.

Inoltre, Aladdin non era delicato. La scopava. Picchiando il suo inguine contro il suo sedere, lei non poteva fare altro che goderne. Aladdin sembrava così selvaggio e libero che non voleva che si fermasse. Alla fine, tuttavia, si fermò. Fu mentre gemeva al cielo e giaceva premuto in lei quanto più poteva andare.

Esausto, Aladdin collassò. Il suo peso intero era su di lei. Era pesante, ma a lei piaceva sapere che lui non si trattenesse. Aveva visto tutto di Aladdin quella notte. Non poteva immaginare di sentirsi più vicina a nessuno di quanto non fosse con lui.

Mentre Jasmine giaceva lì, sentì tutta la lunghezza ritrarsi da lei. Era triste vedere che svanisse.

Quando lui fu fuori lottò per girarsi. Aladdin sentì il suo agitarsi e si alzò da lei.

Incrociando lo sguardo di Aladdin, vide che sembrava imbarazzato. Perché? Non lo sapeva.

"Mi dispiace," disse lui, prima che Jasmine lo zittisse con un bacio.

Non era solo un bacio qualsiasi. Quel bacio era guidato da più passione e lussuria di quante loro due avessero mai provato prima. Le era piaciuto tutto quello che avevano fatto. Aveva bisogno che lui lo sapesse. Amava quell'uomo esattamente per come era. Quello era l'uomo con cui voleva stare per il resto della sua vita. L'unica domanda era come sarebbe stato possibile considerando che era già sposata.

"Ti amo, Jasmine," Aladdin sussurrò nel suo orecchio mentre giacevano tenendosi stretti l'uno all'altro.

"Ti amo, Aladdin," disse Jasmine sopraffatta dall'emozione.

"Cosa c'è che non va?" Aladdin chiese, temendo che lei stesse piangendo a causa sua.

"Non posso più stare lontana da te," gli disse.

"Saremo insieme presto. Te lo prometto."

"Ma come? Sai che sono sposata."

"Non credo che lo sarai per molto," rispose Aladdin.

Jasmine si allontanò e lo guardò.

"Cosa intendi? Perché dici così?"

“Perché tuo marito…, non credo che rimarrà.”

“Come fai a saperlo?” chiese Jasmine profondamente curiosa.

“Lo so perché un amico me l’ha detto. Confido in lui.”

“È questo lo stesso amico che ti ha parlato di tutte le cose che abbiamo visto?”

“Sì.”

“Chi è questo amico?”

“È qualcuno che ha promesso di aiutarci a stare insieme,” disse lui, incerto di quanto potesse rivelare.

“È lui che continua a portarmi qui?”

“Sì.”

“Cos’è, un mago come Visir?”

“Non proprio come Visir.”

“Allora cosa?”

“Sono sicuro che lo incontrerai presto. Questo è stato tutto un suo piano. Mi ha detto che quando tuo marito si sveglierà domani, sarà l’ultima volta che lo vedrai. Dopo di ciò, noi due saremo insieme. Me l’ha promesso.”

“Allora spero che abbia ragione. Non voglio mai più stare lontana da te, Aladdin.”

“E io non voglio mai più stare lontano da te,” rispose Aladdin prima di darle un dolce bacio.

Quello fu l’ultimo bacio che si scambiarono quella notte. Distesi l’uno nelle braccia dell’altra, entrambi si addormentarono. Quando Jasmine si svegliò, fu a causa del rumore di Waali che urlava. Vedendo che Aladdin era scomparso, e lui era sul suo letto al posto suo, si rivolse a lui.

Ancora non del tutto sveglio, Waali urlò come se gli stessero strappando la pelle dal corpo. Jasmine non sapeva cosa fare. Quasi provava dispiacere per lui. E quando le sue urla raggiunsero un volume assordante, stava per svegliarlo quando il rumore della porta della sua camera che si apriva di scatto lo fece al posto suo.

Coprendo rapidamente il corpo nudo, guardò oltre il letto per vedere Visir entrare di corsa. Afferrò suo figlio e lo scosse per svegliarlo. Waali combatté contro suo padre prima di rendersi conto di dove si trovava. Riconoscendolo, invece si gettò oltre Visir cadendo a terra.

"Non posso, padre. Non posso dormire nel suo letto un'altra volta. Fai quello che vuoi con me. Non me ne importa. Ma non posso rimanere sposato con lei. Mi ucciderò se mi costringi."

Visir guardò suo figlio inorridito. Poi alzò lo sguardo su Jasmine. La guardò come se fosse una strega. Jasmine lo guardò con soddisfazione. Aveva battuto Visir e lui lo sapeva. Ora non restava che ritirare il suo premio. Si chiedeva come avrebbe fatto.

L'amico di Aladdin stava organizzando tutto questo. Chi era l'amico di Aladdin? Era chiaramente qualcuno di grande potere. Chi aveva un potere simile?

Nonostante Jasmine non vedesse l'ora di stare con Aladdin di nuovo, era anche curiosa di incontrare il suo amico. Più di chiunque altro, era l'amico di Aladdin che l'aveva salvata dal suo matrimonio. Doveva ringraziarlo per questo, anche se non era ancora sicura di come fare.

Capitolo 7

Aladdin

Aladdin era seduto nella sua stanza affittata in attesa che il genio tornasse. Prima di partire, il Genio gli aveva detto che il nuovo marito di Jasmine l'aveva lasciata, rifiutando di rimanere sposato con lei. Aladdin aveva chiesto al Genio come avesse fatto.

"Gli ho mostrato il suo peggior incubo e l'ho reso molto peggiore. Ho fatto della Principessa il centro di tutte le sue paure. Non vorrà più guardarla," spiegò il Genio.

Per Aladdin, quella spiegazione sarebbe bastata. Aveva sentito storie di orrore su ciò che i geni potevano fare. Lo stato naturale del Genio era come fumo nei sogni degli uomini. Lì, i geni non avevano limiti. Quasi si sentiva dispiaciuto per il marito di Jasmine. Quasi!

Ciò che rendeva Aladdin meno dispiaciuto era che suo marito l'aveva acquisita come un oggetto. Ciò, naturalmente, presentava un altro problema del quale Aladdin era ansioso di parlare con il Genio. E quando il

Genio tornò nella stanza di Aladdin con un soffio di fumo, fu quello che fece Aladdin.

"Cosa è successo?" implorò Aladdin. "Ha accettato di darmela in moglie?"

"Ha acconsentito, ma ad un prezzo," spiegò il Genio.

"Quanto?"

"Cinquanta ceste d'oro, portate da cinquanta servi, seguite da cinquanta cavalli e cinquanta elefanti."

Aladdin fissò il Genio stupito.

"Vuole l'impossibile," ammise Aladdin tristemente.

"Ha chiesto l'impossibile."

"Cosa possiamo fare?"

"Accontentarlo," rispose il Genio con sicurezza.

"Puoi dargli tutto questo?" chiese Aladdin stupito.

"Se sapesse cosa potrei dargli, non avrebbe chiesto così poco," disse il Genio con un sorriso.

La tensione crollò dal corpo di Aladdin come un mattone. "Grazie, Genio! Non puoi immaginare quanto significhi per me."

Aladdin sapeva che avrebbe dovuto sentirsi euforico, ma non lo era. E invece di esultare o festeggiare, Aladdin si diresse verso il letto e si sedette con le braccia sulle ginocchia.

"C'è qualcosa che non va, Aladdin?" chiese il Genio veramente preoccupato.

Aladdin alzò lo sguardo verso il Genio, non riuscendo più a nascondere la sua angoscia. Gli occhi di Aladdin saltellavano per la stanza cercando di capire cosa dire.

"Forse non dovremmo farlo, Genio," confessò Aladdin.

"Fare cosa?"

"Forse non dovremmo costringere Jasmine a sposarmi."

"Costringerla?"

"Sì. Quando ho parlato con lei la prima notte, mi ha detto che non voleva essere sposata con nessuno. Me l'ha detto lei, quindi doveva includere anche me, giusto?" ammise Aladdin tristemente.

Il Genio ascoltò Aladdin, pensò per un momento, e poi si unì a lui sul bordo del letto. Vedendo Aladdin angosciato, gli mise il braccio intorno alla vita.

"Nei 10.000 anni in cui ho vissuto, ho imparato molte cose. Una di queste è che questo è un mondo crudele."

Aladdin guardò il Genio sorpreso dalla sua dichiarazione. Si aspettava che dicesse qualcosa di incoraggiante. Invece, disse qualcosa che fece solo diventare Aladdin ancora più triste.

"Stai dicendo che dovrei diventare crudele anch'io?"

"No, Aladdin. Tu sei, con mia sorpresa, diverso dal mondo crudele attorno a te. Sei gentile e dolce."

“Allora, cosa stai dicendo?”

“Sto dicendo che la tua principessa è attualmente di proprietà di suo padre. Tutte le donne lo sono. Forse non dovrebbero esserlo, e forse in qualche momento cambierà. Ma, per ora lo è. Quindi, se vuoi liberarla, l'unica scelta che hai è quella di prenderne possesso. Una volta che sarà tua, potrai fare con lei quello che vuoi, incluso darle la sua libertà.”

Aladdin ascoltò con serietà. “Non mi sembra giusto.”

“Questo mondo non riguarda la giustizia. Riguarda prendere ciò che puoi.”

“Se fosse per me, renderei la vita giusta,” decise Aladdin.

“Davvero?” chiese il Genio dubitando.

“Sì.”

Il Genio fissò Aladdin. “Sì. Credo che tu lo faresti. Eppure, ti siedi qui con un Genio schiavo al tuo servizio,” disse ironicamente.

Sentendo le sue parole, Aladdin si ritrasse. “Genio, hai ragione. Parlo di essere giusto eppure tu esaudisci i miei desideri come uno schiavo. Mi dispiace, cosa posso fare?”

“Potresti desiderare che io sia libero.”

“Allora lo faccio.”

Il Genio guardò Aladdin con sospetto. “Se mi liberassi, non esaudirei più i tuoi desideri.”

Aladdin ci pensò su. "No. Non importa. Genio, desidero che tu sia libero."

Aladdin fissò il Genio in attesa del fumo e della magia. Si aspettava luci ed esplosioni nel cielo. Non seguì nulla. Il Genio non si mosse nemmeno. Era solo seduto accanto a Aladdin guardandolo con sospetto.

"Genio, cosa è successo? Ti ho liberato. Perché sei ancora qui?"

"Perché non puoi liberarmi con un desiderio," chiarì.

"Pensavo che tu avessi detto che potrei desiderare che tu fossi libero."

"Potresti. È tutto quello che puoi fare. No. Sono legato da una magia più grande. Ma ti ringrazio per averlo provato. Sei il primo dei miei migliaia di padroni che l'abbia fatto."

"Quindi, sarai uno schiavo per sempre?" chiese Aladdin.

"Forse non per sempre. Ma, ci vorrà più di un desiderio per liberarmi."

"Cosa ci vorrà?"

"Più di quello che hai," disse il Genio non volendo dire di più. "Ma, la tua offerta, generosa com'era, mi fa voler chiedere qualcosa, Aladdin."

"Sì? Cosa sarebbe?"

"Era stupido liberarmi sapendo che senza di me non avresti potuto convincere il Sultano a darti la mano di sua figlia. E hai fatto questo dopo che ti ho spiegato che l'unico modo per liberare la donna che ami era sposarla."

"Quindi, cosa vuoi dire?" chiese Aladdin nervosamente.

"Aladdin, ami la Principessa?"

"Amo la principessa? Perché mi fai una domanda del genere? Ti ho detto di sì."

Il Genio guardò Aladdin perplesso. "Non vuoi sposarla?"

"Non penso che ci possa essere una donna che potrebbe rendermi più felice."

"Allora, cos'è?"

Aladdin fissava il Genio sapendo di essere stato scoperto. Il Genio non sapeva cosa stesse succedendo, ma aveva ragione, qualcosa stava succedendo. Era quello che lo tormentava da quando Jamar era diventato Jasmine.

"E se non fossi abbastanza per lei?" Aladdin chiese finalmente.

"Cosa intendi?"

Aladdin distolse lo sguardo. "Intendo, e se non fossi l'uomo che lei vuole che io sia?"

"Sei l'uomo che ama, Aladdin. Ho sentito che lo diceva."

"Sì, ma, e se non posso essere l'uomo di cui ha bisogno?"

La testa di Aladdin si abbassò sapendo che non si stava spiegando bene e che aveva bisogno di far capire questo a qualcuno.

"Genio, sto cercando di dire che quando mi sono innamorato di lei, mi sono innamorato perché pensavo fosse un ragazzo. Le ho detto che ho sempre saputo che era una ragazza. Pensavo che mi credesse, ma ho scoperto che non è così. E non avrebbe dovuto farlo perché era una bugia. Mi piaceva perché era un ragazzo. E quando ho scoperto che era una ragazza, inizialmente ero davvero emozionato perché mi ero finalmente innamorato di una ragazza. Ma so bene la verità. Mi piacciono… i ragazzi."

Il Genio fissava il ragazzo di fronte a lui mentre gli apriva la sua anima. Il cuore del Genio si spezzò per lui. Se avesse potuto alleviare il suo dolore, l'avrebbe fatto. Ma, purtroppo, anche questo era qualcosa che i suoi poteri non potevano fare.

"La ami, Aladdin?" il Genio chiese, tenendo la mano sulla spalla nuda di Aladdin.

"Sì. Almeno penso di sì. Voglio dire, penso a lei tutto il tempo e quando sto con lei, è come se il mio cuore facesse male. Questo è amore, vero?"

"Questo è il sentimento dell'amore. Ma non è ciò che è l'amore. L'amore è qualcosa di molto più profondo. È essere disposti a essere lì per qualcuno quando ne ha bisogno. È sacrificarsi, veramente sacrificarsi per quella persona, non solo fare qualcosa che sembri un sacrificio. Ed è stare con qualcuno anche quando soffre.

"Quindi, Aladdin, ami Jasmine?"

Aladdin rimase a pensarci per un po'. "Non lo so," ammise infine. "Ma so quale sarà il mio prossimo desiderio."

"Quale?" il Genio chiese ritirandosi preparandosi ad esaudirlo.

"Genio, desidero non mi piacciano più i ragazzi."

Il cuore del Genio affondò sentendo le parole di Aladdin. Fu con immenso dolore che rispose, "Aladdin, anche questo non lo posso fare."

Aladdin lo fissò con uno sguardo vuoto fino a quando la sua espressione divenne improvvisamente cupa e arrabbiata. "Allora cosa puoi fare? Dovresti essere un Genio con tutto questo potere. Non riesci a fare nulla."

Aladdin, pieno di emozioni, diede un calcio a una sedia e gettò un piatto per terra prima di crollare contro il muro in un torrente di lacrime.

Il Genio, con tutta la sua saggezza, fissò Aladdin senza sapere cosa fare. Alla fine si sedette accanto a lui, mise il braccio intorno a Aladdin e lo abbracciò. Sentendo il Genio vicino a lui, Aladdin si girò e si rifugiò tra le braccia del Genio.

Rimaserò così a lungo. Anche dopo che Aladdin smise di piangere, i due rimasero in quella posizione. Il Genio continuò a cercare di pensare a cosa avrebbe potuto dire. Non venne in mente nulla fino a quando non ricordò ciò che poteva fare.

"Non posso esaudire il desiderio che mi hai chiesto. Ma c'è qualcosa che posso fare," ammise il Genio.

Aladdin, senza lasciare le braccia del Genio chiese, "Cosa sarebbe?"

"Ti ho detto che potevi desiderare che ti aiutassi a sposare la Principessa. E, hai detto che hai paura di non essere in grado di darle ciò di cui ha bisogno. Potresti desiderare che ti aiuti a darle ciò di cui ha bisogno," disse il Genio con abnegazione.

"Come faresti?"

"Non lo so. Ma, sono disposto a provare."

Aladdin ci pensò su. "Capisco quando finisce il mio primo desiderio. È quando sposo la Principessa. Quando finirebbe questo secondo desiderio?"

"Forse non finirà."

"Genio, desidero che mi aiuti a darle ciò di cui ha bisogno."

Il Genio guardò il ragazzo tra le sue braccia sapendo che poteva essere legato ad Aladdin per tutta la vita. "Concesso," disse il Genio tirando Aladdin più vicino.

Capitolo 8

Jasmine

Due giorni dopo aver cacciato Abdul Waali dal suo letto e dalla sua vita, Jasmine era in attesa di notizie da Aladdin. Come temeva, con l'assenza di Waali, i viaggi notturni erano cessati. La notte successiva, era andata a letto ansiosa di condividere la notizia della partenza di Waali con Aladdin. Ma una volta salita sul suo letto quella sera, era rimasta lì.

Non avendo altro a cui pensare allora, e il giorno seguente, Jasmine iniziò a chiedersi se avesse rovinato tutto tra di loro facendo quello che aveva fatto. Jasmine ripercorse la loro notte insieme mille volte. Che cosa stava pensando?

Era apparsa nuda davanti a lui. Si era gettata su di lui. Lui la desiderava nello stesso modo? Sapeva che lui amava i ragazzi. L'aveva sedotto e lui aveva fatto qualcosa che non voleva?

Tutto questo si agitava nella mente di Jasmine, facendola sentire sempre peggio con il passare del tempo. Entro il secondo giorno, la sensazione di euforia che l'aveva riempita era svanita. Quello che la stava rapidamente sostituendo era un mix di terrore e rimorso.

Come aveva potuto fare una cosa così sciocca? Se non altro, Aladdin era stato il suo unico amico. Aveva distrutto tutto tra di loro facendo l'amore con lui. Ne era valsa la pena?

Jasmine ripercorse la notte di sesso nella sua mente. Si ricordò di averlo baciato. Si ricordò di lui che le pizzicava i capezzoli. Si ricordò che le piaceva sentire la sua lingua. E, si ricordò della sensazione di lui che la penetrava da dietro.

Prima del momento in cui lui le era entrato dentro, non aveva mai immaginato che certe cose fossero possibili. Era troppo. Il dolore, l'euforia, il mistero. Era al di là della sua capacità di capire. Ma quello che sapeva era che questo la faceva sentire libera. Non sapeva come né perché. Ma l'atto di fare qualcosa di così oltre l'immaginazione, così distante dalle sue lezioni da principessa, era meraviglioso.

Non era sicura, però, che il sesso valesse la pena di perdere il suo amico, se davvero lo aveva perso, ma era una questione che si poneva. La vera domanda era, l'aveva perso davvero? Aveva distrutto tutto tra loro? Ad ogni momento che passava, aveva paura di averlo fatto.

Jasmine fu catapultata fuori dai suoi pensieri quando, all'improvviso, sentì bussare alla porta. Le uniche ad entrare nella sua stanza ora erano le sue ancelle e loro non bussavano. La osservavano in segreto fino a quando sembrava avvicinabile, e poi entravano.

"Chi è?" chiese Jasmine, sentendo un'improvvisa stretta al petto.

"Sono Visir. Sto entrando," rispose la voce.

Il cuore di Jasmine si strinse ulteriormente. L'ultima volta che l'aveva visto era stato quando aveva seguito suo figlio mentre fuggiva dalla sua camera da letto. Perché era tornato? Non c'era possibilità che portasse buone notizie.

Visir aprì la sua grande porta della camera da letto e entrò.

"Come osi entrare nella mia stanza senza permesso?" esclamò Jasmine.

"La tua camera da letto è come qualsiasi altra stanza per me," disse il Visir con disprezzo.

Jasmine rimase senza parole. Aveva sempre mostrato aperto disprezzo per lei, ma quella era la prima volta che mostrava una totale indifferenza.

"Comunque, sono venuto a darti una buona notizia, Principessa" disse il Visir con un sorriso untuoso.

Era questo? Pensò Jasmine. Era qui per dirle che Aladdin era venuto a liberarla da quella vita?

"Buone notizie? Quali sono?"

"Le buone notizie sono che ho accettato di sposarti," rispose il Visir con aria di superiorità.

"Tu?" disse lei sconvolta. "Prima il tuo brutto figlio, e ora tu?"

"Esattamente, Principessa. Sembra che tu abbia sigillato il nostro destino insieme. Vedi, tuo padre è d'accordo che nessun erede eleggibile accetterebbe di sposare una Proprietà non più vergine, che ha potuto mandare via un uomo onorevole come mio figlio. Quindi, ho generosamente offerto di levarti di torno dalle mani del Sultano."

Jasmine provò un sudore freddo scorrere sul suo volto. Una sensazione pungente le si diffuse intorno al collo. Stava nascendo il panico. La stanza era troppo piccola. Aveva difficoltà a respirare. Doveva uscire di lì. Doveva allontanarsi da Visir immediatamente.

"No. No!" esclamò Jasmine, prima di spingere via il Visir e correre attraverso la porta aperta.

"Fermatela," urlò il Visir al guardiano appostato.

Jasmine, però, era troppo veloce. Riuscì a sfuggire al guardiano prima che avesse la possibilità di reagire, e iniziò a correre lungo il corridoio. Senza scarpe, i suoi piedi nudi schioccavano contro la pietra fredda. I suoi piedi erano delicati, ma a lei non importava. Sapeva dove doveva andare e non c'era nulla che l'avrebbe fermata.

Zigzagando tra i corridoi, Jasmine sentiva il guardiano che si avvicinava. Il rumore la seguiva come una tempesta in arrivo. Era quasi arrivata, ne era sicura.

E quando vide l'ufficio privato di suo padre in vista, sapeva di avercela fatta.

I soli problemi ora erano i due guardiani davanti alla porta. Non erano come il guardiano che stava fuori dalla sua camera. Erano i più implacabili protettori del Sultano.

"Padre!" urlò pregando che servisse a qualcosa. "Padre!"

L'unica cosa che sembrò fare fu mettere i guardiani in un'allerta ancora più alta. Mentre uno si avvicinava per fermarla, l'altro sfoderò la sua spada e si mise davanti alla porta. Con grande delusione, Jasmine vide che aveva già fallito.

Il suo unico tentativo era stato entrare nel suo ufficio prima che le guardie avessero la possibilità di fermarla. Suo padre non l'avrebbe mai voluta vedere volontariamente se avesse potuto evitarlo. Suo padre aveva sempre detto che il ruolo di una Principessa era quello di essere vista e non sentita. Non c'era speranza che fosse disposto a sentire quello che aveva da dire, soprattutto ora dopo che l'aveva venduta all'asta.

Mentre la fermava la guardia con le mani spalancate, Jasmine sentiva la sua intera vita sfuggirle. Se fosse riuscita a raggiungere suo padre, forse le cose sarebbero potute andare diversamente. Invece, era destinata a una vita pietrificata, incapace di andare da qualche parte da sola né di prendere decisioni per sé stessa.

"Padre," disse, la voce spegnendosi tra la confusione.

"Eccola lì," disse il Visir arrivando da dietro. "Portatela di nuovo nella sua stanza. Questa volta, assicuratevi che non scappi."

Fu mentre Jasmine veniva trascinata via che accadde: come per miracolo, la porta dell'ufficio del Sultano si aprì e suo padre uscì.

"Cosa sta succedendo qui?" disse suo padre, con le braccia appoggiate ai fianchi e la sua folta barba bianca sporgente.

"Padre!" gridò Jasmine implorando aiuto. "Ho bisogno di parlare con te. Per favore, Padre. Solo questa volta."

Tutto si fece silenzioso mentre il Sultano considerava la sua richiesta. Jasmine non riusciva a respirare, in attesa del suo destino. Se solo suo padre l'amasse, pensò. Se lui la amava, l'avrebbe accolta.

"Lasciate andare mia figlia," disse finalmente il Sultano. "State fermando la Principessa. Mostrate il vostro rispetto," ordinò.

Liberata, Jasmine guardò suo padre e fu quasi sul punto di scoppiare in lacrime. Sapeva, però, che suo padre non avrebbe tollerato tali manifestazioni di emozione da parte sua. Aveva sempre detto che la nobiltà non aveva il privilegio di esprimere tali sentimenti. Quindi, la sua costante espressione di tristezza lo mortificava. Era sicura di questo. Non c'era modo che avrebbe rovinato la sua unica opportunità piangendo. Doveva ricomporsi.

"Non c'è bisogno che si preoccupi di questo, Sua Altezza. Mi occuperò io di lei per voi," disse il Visir.

"Mi sembra che tu abbia già fatto abbastanza per me oggi, non credi, Visir?" Il Sultano disse al suo consigliere.

Sentendo le sue parole, il Visir rimase immobile. "Certamente, Sua Altezza," rispose con le labbra strette e un inchino riluttante.

Respirando profondamente, Jasmine si raccolse. Sollevando il mento, si aggiustò i vestiti e passò davanti alle guardie. Quando i suoi piedi nudi riecheggiarono sulle pareti, il Sultano li guardò. Jasmine era imbarazzata. Questo non era il modo in cui avrebbe scelto di parlare da sola con suo padre per la prima volta in mesi. Ma questo era ciò che era e avrebbe dovuto accontentarsi.

Entrando nell'ufficio di suo padre, Jasmine fece del suo meglio per non farsi sopraffare dall'ambiente. Sì, era grande e sfarzoso. Ma non era per questo che era nervosa. Stare nel sancta sanctorum di suo padre era come essere ammessa nel suo mondo. Così spesso aveva sognato di essere ammessa nella vita di suo padre. Ora, eccola lì. Era sconvolgente.

"Come osi presentarti a me così?" fu la prima cosa che suo padre le disse una volta chiusa la porta. "Sei mia figlia, la Principessa. Sono umiliato di averti nella mia famiglia," continuò freddamente.

Jasmine era distrutta. Per un breve momento, si era permessa di credere che suo padre fosse dalla sua parte. Non lo era. Non lo era mai stato. E Jasmine decise che non lo sarebbe mai stato.

Era sola in questo mondo. C'era solo una persona che la faceva credere che potesse non esserlo, e forse l'aveva allontanato.

"Mi dispiace, padre. So che sono un imbarazzo per te," ammise rimanendo immobile.

"Come hai potuto fare questo a me? Fuggi dal palazzo come se fossi una sorta di prigioniera. Corri per il palazzo a piedi nudi. Ti tagli i capelli! Questi sono i comportamenti di un'ingrata. Mi senti?"

Jasmine abbassò la testa. Non c'era altro che potesse fare.

"E oggi scorazzi per il palazzo? Perché? Cos'altro potrebbe umiliarmi ancora di più?"

Ancora con lo sguardo abbassato, Jasmine sollevò il mento per guardare negli occhi il suo accusatore. "È perché ti imbarazzo che mi stai facendo sposare un uomo tre volte più vecchio di me?"

Il tono di Jasmine era calmo. Era misurata nella sua domanda. E, proprio per questa ragione, tagliò il Sultano come un coltello.

"Ti ho imbarazzato così tanto che mi hai scambiato per moneta corrente?"

Il volto del Sultano passò dallo shock all'ira, per poi trasformarsi in vergogna. Immediatamente a disagio, guardò intorno, trovò la sua sedia e si ritirò dietro la sua scrivania. Jasmine lo seguì.

In piedi davanti alla sua magnifica scrivania con i capelli corti e scomposti e i vestiti stropicciati, sembrava una ragazza contadina vestita come una bambola. L'immagine disturbò ancora di più il Sultano. Non riusciva più a guardarla.

"Perché, padre? Perché mi stai facendo sposare quell'uomo?" chiese con calma ma con dolore nei suoi occhi.

"Non capisci le vie del governo, bambina," spiegò umilmente.

"Allora spiegamelo. Sono tua figlia. Avrò la saggezza di capire."

"Questo palazzo ha delle spese, bambina. Capisci questo?"

"Certo, padre," rispose Jasmine con simpatia. "Non ti costerò nulla. Non ho bisogno dei miei abiti e non ho bisogno di essere servita da ancelle."

"Ma ne hai bisogno, figlia."

"No, non è così."

"Non capisci," disse suo padre polemicamente. "Pensi che sia la mia gente quella fuori dalle mura del palazzo? No. Sono a sé. Viviamo qui in questo modo finché possiamo convincerli che questo è il nostro posto naturale. Se lasciamo andare quell'illusione per un solo secondo, vedranno la bugia che abbiamo presentato e ci distruggeranno tutti.

"Allora, vedi? Hai bisogno di quegli abiti e delle tue ancelle. Ne abbiamo tutti bisogno. Senza di essi, siamo solo persone come tutte le altre. E chi si inchinerebbe a suo fratello o a suo figlio?"

Jasmine fissò suo padre sbalordita. Se le fossero state date mille possibilità, non avrebbe mai indovinato quello che suo padre aveva appena detto.

"E, Visir, sembra che lui sappia come trovare i soldi per il Palazzo. È come se producesse quelle piccole lacrime d'oro nel suo laboratorio. Non so da dove le prenda, ma senza di esse, il palazzo sarebbe andato in bancarotta molto tempo fa. Quindi, vedi, la sua richiesta di far sposare suo figlio con mia figlia non era una punizione. Era del tuo dovere per il regno.

"E, dato che suo figlio non è più disposto a sposarsi con te, non mi rimane altra scelta. Per il bene del regno, devo darti a lui. Perché, senza l'oro del Visir, il nostro regno sarebbe perduto entro l'anno.

"Capisci adesso, figlia mia?" il padre le chiese con dolore negli occhi.

Capì. Tutto era finalmente diventato perfettamente chiaro. Suo padre non era un mostro. Era solo un uomo che faceva tutto il possibile per mantenere il suo regno. L'unica questione era se avrebbe sacrificato la sua vita affinché il resto della sua famiglia potesse vivere come dei re.

La risposta? Sì, lo avrebbe fatto. Ricercando nella sua mente, non riusciva a pensare a una sola cosa che uno dei suoi genitori avesse fatto per meritare questa lealtà. Ma, al di là di tutto, era ancora la figlia di sua madre. Era Cinese. E, la cosa che in quella cultura contava più di tutto, era la famiglia. Quello era il punto che non poteva affatto trascurare nell'intera letteratura cinese che aveva dovuto leggere.

Jasmine stava per aprire la bocca e impegnarsi in una vita di servitù quando il rimbombo incessante dei tamburi riempì l'aria. I due non lo avevano notato inizialmente, ma rapidamente il suono ruggì attraverso la stanza e catturò l'attenzione di entrambi.

"Cos'è?" domandò il sultano. "Visir?"

In un attimo, il Visir entrò e si diresse verso il balcone con vista sulla città. "Non ne sono sicuro, Vostra Altezza. Questo non è il periodo dell'anno per una celebrazione."

Troppo curiosi per rimanere lontani, Jasmine e il Sultano andarono sul balcone e si unirono al Visir. Con loro sorpresa, stava avvenendo una parata. Dovevano esserci mille persone a riempire le strade mentre una processione di dozzine camminava tra di loro.

In testa c'erano uomini vestiti da servitori che portavano ceste. Da quelle ceste, bambini prelevavano il contenuto. Prendendo manciate di ciò che era all'interno, lo gettavano nella folla. Le persone erano entusiaste di riceverlo, e tenendolo in aria, continuavano a guardare mentre decine di cavalli ed elefanti addestrati passavano.

"Cosa sta succedendo?" Jasmine chiese confusa.

"Non ci posso credere," disse il Sultano cercando nella parata il dignitario. Trovandolo, il nome uscì dalla sua bocca, "Aladdin."

"Aladdin?" disse Jasmine stupita di sentire il padre pronunciare il nome del suo amato.

"Aladdin?" disse il Visir ricordando il ragazzo che aveva lasciato nella grotta del leone per morire.

"Che c'entra Aladdin?" chiese Jasmine riempiendosi all'improvviso di speranza.

"Non ne sono ancora sicuro. Ma, dobbiamo accoglierlo. Potrebbe essere la risposta a tutte le mie preghiere," dichiarò il Sultano guardando Jasmine con uno sguardo dolce negli occhi.

Il Sultano lasciò il balcone e si diresse verso la porta. Jasmine e il Visir lo seguirono.

"Per l'amore di Allah, sistemati. Indossa delle scarpe. Renditi presentabile!" comandò il Sultano.

Jasmine si fermò mentre tutti tranne la guardia personale di Jasmine si allontanarono. Jasmine lo guardò come se lui sapesse cosa stesse succedendo. Non lo sapeva. Così, con solo la sua immaginazione a guidarla, decise che quello era il momento. Aladdin era venuto per lei come aveva promesso.

"Devo rendermi presentabile," si disse. "Devo farmi bella."

Senza dire un'altra parola, Jasmine corse lungo il corridoio. Correndo il più veloce possibile, ritornò in camera sua in un attimo. Completamente senza fiato, entrò e andò direttamente al suo guardaroba. Apparendo dal nulla, le ancelle vennero ad aiutarla.

Se avesse avuto più tempo, avrebbe fatto un bagno nell'olio di gelsomino. Ma, non lo aveva. Invece, trovò il vestito più bello che aveva e rimase con le braccia allargate mentre le ancelle glielo facevano indossare.

Cambiando gli indumenti intimi e poi le scarpe, Jasmine si sedette alla poltrona per il trucco per essere adornata. Non c'era abbastanza tempo per applicare il trucco cinese tradizionale, quindi optò per un look arabo di buon gusto. Si sarebbe abbinato perfettamente al suo vestito. E considerando che Aladdin era arabo, pensò che li avrebbe fatti sembrare destinati ad essere insieme.

Nonostante fosse il tempo più breve che le fosse mai servito per prepararsi, Jasmine non poteva fare a meno di preoccuparsi per quanto avesse già perso. Si sarebbe unita a suo padre sul balcone principale di fronte al palazzo? Si sarebbe unita a lui sui gradini del palazzo?

In ogni caso, non le importava. Aladdin era venuto a prenderla. E, se anche suo padre era eccitato di vederlo, poteva solo significare cose buone per lei.

A Jasmine fu molto più difficile tornare indietro indossando i tacchi. Aladdin se ne era andato prima che lei arrivasse? Desiderava disperatamente rivederlo. Più di questo, voleva che lui la vedesse. Voleva che lui pensasse che fosse bella. Voleva credere di non aver rovinato tutto con ciò che aveva fatto con lui.

Jasmine ebbe la sensazione di metterci il doppio del tempo per arrivare davanti al palazzo. Avvicinandosi, c'erano lacchè per guidarla. Uno la indirizzò a sinistra, un altro a destra. E quando si avvicinò alla sala grande, le speranze di Jasmine erano alle stelle. Non solo Aladdin era ammesso nel Palazzo, ma era ospitato nella sala riservata agli ospiti più importanti.

Come avesse fatto Aladdin a fare tutto questo? Chiese a se stessa. Quando l'aveva conosciuto, lui era senza tetto nelle strade. Ora si trovava lì e aveva ottenuto un'udienza con il Sultano. Aladdin doveva essere il ragazzo più stupefacente sulla terra.

"Aladdin, ti presento mia figlia, la Principessa Jasmine," disse suo padre non appena lei varcò la porta.

Jasmine si guardò intorno. La stanza era piena. Più che altro, tutti gli occhi erano puntati su di lei. Da entrambi i lati della stanza dovevano esserci almeno una ventina di servi ciascuno posizionato davanti a cesti. Tra loro c'erano due uomini, Aladdin e qualcuno che le tolse il respiro non appena lo vide.

"Tu!" disse abbastanza ad alta voce da farla sentire a tutti.

"Sì, mia Principessa," rispose Aladdin con un sorriso radioso e un inchino. "Sono io, Aladdin, un uomo straordinariamente ricco che è venuto a chiedere a tuo padre la tua mano, per sposarti."

Jasmine restò senza parole. Non riusciva a rispondere. Il viso era pallido per il terrore. E quando continuò a rimanere in silenzio, fu suo padre a parlare per lei.

"Pare che mia figlia si trovi a corto di parole. Questo è il modo di fare di un timido fiore come lei."

"Timida?" chiese Aladdin non riuscendo a trattenere una risata. "Naturalmente, intendo dire che la sua delicatezza è leggenda nel luogo da cui provengo. Sarebbe un onore senza pari aggiungere il suo fiore al mio… sacro… giardino."

Genio si volse verso Aladdin con aria confusa. Come tutti del resto. La distrazione fu sufficiente per Jasmine per raccogliere i propri pensieri. Perché non era Aladdin quello che l'aveva fatta reagire quando aveva visto i due uomini. Era il Genio. L'aveva visto prima. Infatti, l'aveva visto molte volte prima.

Era stato lui che lei aveva visto parlare al Visir della costruzione del passaggio segreto dal suo laboratorio. Era stato lui che aveva immaginato di baciare quando era tornata dal suo giro sul tappeto volante. Ed era lui che aveva spogliato nudo e il cui membro aveva succhiato.

L'uomo dei suoi sogni era reale. Più che altro, ora si trovava al fianco di Aladdin davanti a suo padre. Come era possibile tutto questo? E chi era quell'uomo?

Avvicinandosi al padre, notò qualcosa di strano. Era il modo in cui il Visir guardava Aladdin e il suo servitore. Il Visir sembrava voler uccidere Aladdin. Era perché sapeva che stava per perderla di nuovo? Sperava fosse così.

"Sì," disse il Sultano senza mostrare emozioni.

"E," aggiunse il Genio, "il Grande Aladdin ti ha portato questi doni come pegno dell'affetto che ha per tua figlia, Maestà."

"Chi sei tu?" Scattò il Visir.

Genio lo guardò con sospetto mentre Aladdin faceva del suo meglio per non guardare affatto il Visir.

"Non sono che uno fra i leali servitori del Grande Aladdin," rispose il Genio.

"E pensi che questo ti renda degno di parlare al Sultano?" provò il Visir.

Il Genio guardò il Sultano. "Perdonate il mio entusiasmo per il mio padrone, Maestà. Io sono quello che parla della sua grandezza affinché conosciate chi è per davvero."

"Sei perdonato," rispose rapidamente il Sultano prima di guardare il Visir con aria interrogativa.

"Maestà, posso avere una parola con lei?" chiese il Visir in modo che solo coloro attorno a lui potessero udire.

"Deve essere proprio ora?" chiese il Sultano.

"Speravo gradisse il mio consiglio in una decisione così importante. Dopo tutto, il futuro del regno dipende da questo."

Jasmine osservò la tensione tra i due uomini mentre si guardavano l'un l'altro.

"Bene," Il Sultano finalmente acconsentì. "Jasmine, intrattieni i nostri ospiti fino a che torno…"

"Non lo farò!" sbottò Jasmine.

"Chiedo scusa!" rispose il Sultano sconvolto.

Jasmine, comprendendo l'errore che aveva commesso, immediatamente ritrattò. "Intendo, se la vostra Maestà vorrà sentire anche il mio consiglio in questa questione, sono sicura che tutti ne trarrebbero vantaggio, specialmente vostra Maestà," disse con un inchino.

La rabbia del Sultano si placò rapidamente. Lanciando un'occhiata veloce al Visir che non sembrava preoccupato, fece cenno a Jasmine di venire avanti.

"Se permettete al Sultano di ritirarsi per considerare i vostri generosi doni," disse il Visir ai loro ospiti.

Jasmine seguì i due uomini in una stanza sul retro. Era un posto dove non era mai stata prima. Aveva visto suo padre ritirarsi lì tante volte. Le sembrava surreale ora, entrarci con lui. Ma non poteva pensarci troppo. Era certa che il Visir avrebbe cercato di distruggere Aladdin agli occhi del padre e lei doveva fare tutto il possibile per impedirglielo.

Con il Sultano seduto dietro una piccola scrivania, il Visir si voltò verso di lui e parlò.

"Penso che dovremmo prendere in considerazione questa generosa offerta di Aladdin."

Jasmine stava per gridare che aveva torto quando risentì le sue parole nella mente.

"Aspetta, pensi che dovremmo considerarlo?" chiese Jasmine, stupita.

"Jasmine, ti ho permesso di essere qui per non diminuire il tuo valore agli occhi dei nostri ospiti. Ma non ti ho invitato a parlare," chiarì suo padre.

Jasmine strinse le labbra, furiosa per essere stata ridotta al silenzio, ma suo padre aveva ragione. Poteva cacciarla via da un momento all'altro. Ma, più di tutto, il Visir aveva appena detto quello che lei stava per dire.

"Tra tutte le persone, tu sei l'ultima a cui avrei pensato che volesse che prendessi in considerazione questa proposta, Visir. Cosa stai tramando?"

"Sto cercando di fare ciò che è meglio per il mio Sultano e il regno, Maestà."

"Capisco," disse il Sultano con sospetto.

Quella fu la prima volta che Jasmine vide l'inquietudine che esisteva tra suo padre e il Visir. Per tutta la vita aveva creduto che i due la pensassero alla stessa maniera. Ora stava scoprendo che nemmeno suo padre si fidava di lui. Era stupita.

"Allora, come suggerisci che facciamo ad accettare l'offerta di questo giovane?" chiese il Sultano.

"Con cautela, Vostra Altezza. Propongo di invitare il nostro ospite e il suo servitore a stare con noi. Dovremmo stabilire un momento affinché la giovane coppia si conosca. Naturalmente, farò da filo d'unione."

"Certo," disse il Sultano con leggerezza.

"E, se succederà che lei non lo scaccerà via come ha fatto con il mio onorevole figlio, dovrebbero sposarsi."

Il Sultano guardò sua figlia che cercava di contenere la sua sorpresa.

"Cosa ne pensi, Jasmine? Sei d'accordo con ciò che ha suggerito il Visir?"

Jasmine sapeva che l'ultima cosa che avrebbe dovuto fare era reagire troppo entusiasticamente. Aladdin doveva essere un uomo ricco che non aveva mai incontrato prima. Come avrebbe potuto spiegare che era emozionata all'idea di sposarlo?

"Sarei d'accordo se ti fa piacere, padre," disse Jasmine umilmente, sicura che sarebbe stato di suo gradimento.

Il Sultano si raddrizzò sulla schiena, gradendo la sua risposta. "Bene, ha portato con sé abbastanza oro per dimostrare che è chi dice di essere. Quindi, se la Principessa è d'accordo e siamo tutti d'accordo, allora fissiamo un momento in cui i due si possano incontrare. Visir, te ne occuperai tu, ovviamente."

"Certo," concordó il Visir.

“Ora, ritorniamo ai nostri ospiti,” ordinó il Sultano.

Uscendo dalla stanza, Jasmine non era ancora sicura di ciò a cui aveva assistito. Forse poteva capire la reazione di suo padre. Aladdin aveva portato con sé tanto oro da poter mantenere il regno operativo per anni. Ma perché il Visir aveva accettato? Da quello che le aveva detto suo padre, il Visir voleva il regno per se stesso. Come lo aiutava il fatto che lei sposasse Aladdin a ottenerlo?

Capitolo 9

Aladdin

Aladdin si trovava accanto al Genio mentre Jasmine, il Sultano e il Visir uscivano in un'altra stanza. Quando rimasero soltanto le guardie del Sultano, lui si rivolse al Genio.

"Ho bisogno di dirti una cosa."

"Cosa c'è?"

"Il Visir, l'uomo che era in piedi accanto al Sultano, è colui che mi ha mandato a recuperare la tua lampada."

Il Genio guardò Aladdin scioccato. Tornando a guardare dove il Visir era in piedi, il Genio rifletté.

"Ti ha riconosciuto?" chiese il Genio.

"Dal suo sguardo, direi di sì."

"Non va bene," spiegò il Genio. "Dovremo tenerlo d'occhio."

"C'è qualcosa che puoi fare?"

"Vuoi usare il tuo terzo desiderio?" chiese il Genio, girandosi di nuovo verso Aladdin.

"L'ultimo?" Aladdin ci pensò su. "Pensi che potrebbe davvero diventare un problema?"

"È difficile dirlo."

Aladdin ci pensò per un po'. "Aspetterò e, se sarà necessario, lo farò."

"Così desideri."

"O no," scherzò Aladdin. Guardò in alto verso il Genio per ricevere un sorriso. Ma Il Genio era serio. "Comunque, come pensi che stia andando?"

"È troppo presto per dirlo."

"Jasmine, è bella, vero?"

"Mi è familiare", ammise il Genio.

"Familiare? Sì, era la ragazza che hai trasportato nel mio letto. Certo che ti è familiare."

"No. Da prima di quello. Ho come l'impressione di conoscerla da prima."

Aladdin stava per interrogare il Genio sulla sua strana dichiarazione quando Jasmine e i due uomini tornarono nella grandiosa sala. Il Visir fu il primo a parlare.

"Il sultano invita te e il tuo servitore personale a soggiornare nel palazzo. Sarà organizzato un momento in cui potrete incontrare la Principessa… per la prima volta, per vedere se potrebbe essere un abbinamento adatto."

Il Genio guardò Aladdin, incoraggiandolo a rispondere.

"Accetto l'offerta generosa del Sultano e non vedo l'ora di incontrare la principessa per la prima volta", disse Aladdin con un inchino.

"Bene. Aspettate qui. Presto arriverà un valletto per condurvi alle vostre stanze," disse loro il Visir prima di accompagnare il Sultano e Jasmine fuori.

Aladdin guardò Jasmine mentre usciva. Non era sicuro di che cosa lo preoccupasse. Trovava Jasmine così bella. La amava decisamente. Ma, non appena lo pensò, fu sopraffatto da un altro pensiero. E se lei volesse da lui più di quanto potesse dare?

Fu allora che Aladdin guardò il Genio. Cosa intendeva dire quando disse che lo avrebbe aiutato la dare a Jasmine quello di cui aveva bisogno? Il Genio sapeva che la sua insicurezza era di natura sessuale? Aladdin era sicuramente attratto dal corpo di Jasmine. Ne era follemente attratto. Ma, non c'era modo di evitarlo, lei non era un ragazzo. Per lungo tempo, Aladdin aveva temuto di essere attratto solo dai ragazzi. Era il suo segreto più grande.

Ma poi arrivò Jasmine vestita da ragazzo e sembrò cambiare tutto. E se le cose non fossero davvero cambiate? E se i suoi sentimenti per Jasmine fossero solo temporanei? Come avrebbe potuto renderla felice per il resto della loro vita? E come avrebbe potuto aiutarlo il Genio?

Aladdin e il Genio furono infine raggiunti da un valletto che li condusse in stanze adiacenti.

"Genio, dov'è la stanza di Jasmine?"

"Dall'altra parte del palazzo."

"Oh," disse Aladdin deluso.

"Che c'è?"

"Pensavo che potesse essere utile avere la possibilità di parlarle prima del nostro incontro. Sai, per dire cose che non potremmo dire con altre persone intorno."

Il Genio ci pensò, ma non offrì una soluzione. Aladdin guardò il Genio sperando che lo facesse.

Aladdin non riusciva a capire il Genio. A volte offriva una soluzione magica a un problema, altre volte no. Per esempio, perché il Genio richiedeva di spendere un desiderio per proteggerli dal Visir? Non sarebbe stata la cosa più intelligente da fare per entrambi?

Il Genio era sicuramente un mistero per Aladdin. C'erano persino momenti in cui Aladdin pensava che il Genio si prendesse cura di lui. Aladdin l'aveva sentito così raramente nella sua vita che riconosceva il sentimento quando lo provava.

Si sentiva quasi amato dal Genio. E c'era sicuramente una parte di lui che amava il Genio. C'era addirittura una parte di lui che desiderava stare con il Genio per il resto della sua vita. Ma quello era stupido, certo. Il Genio era un genio di 10.000 anni. Perché avrebbe voluto stare con qualcuno come Aladdin?

"Hai la mia lampada?" chiese il Genio apparentemente dal nulla.

"Sì. È proprio qui," disse Aladdin battendo il metallo nascosto sotto la sua veste. "Perché me lo chiedi?"

"Tienila al sicuro," gli rispose il Genio.

"Certo. Non la perderò di vista", rassicurò l'amico.

Il Genio, che sembrava distratto, non rispose. Aladdin aggiunse il comportamento del Genio a una delle numerose cose che erano un mistero per lui.

Per cena, Aladdin e il Genio furono accompagnati in una grande sala da pranzo. Con sorpresa di Aladdin, li lasciarono lì da soli. Per quanto insolito sembrasse, Aladdin suppose che fosse la norma.

"Dopo cena, sarai accompagnato a incontrare la Principessa. L'incontro sarà supervisionato da me", disse il Visir entrando nella sala da pranzo. "E, prego, scusate il Sultano per non essere in grado di cenare con voi. È molto occupato in questo momento e purtroppo non poteva essere con voi questa sera."

"E la Principessa?" chiese Aladdin, non tanto intimidito dal Visir, avendo il Genio al suo fianco. "Perché non si è unita a noi?"

"Sii grato di poterla incontrare, ragazzo," disse il Visir con una minaccia velata.

"Forse dovresti chiamarmi Il Grande Aladdin," rispose Aladdin, sentendo il bisogno di sottolinearlo.

Il Visir non rispose. Guardandolo con disprezzo, il Visir uscì e lasciò nuovamente i due da soli.

"L'hai fatto arrabbiare," osservò il Genio.

"Sono sicuro che è nato arrabbiato", rispose Aladdin, sentendosi bene con se stesso.

"Aladdin, l'umiltà è ancora più importante nella vittoria che nella sconfitta, specialmente con i propri nemici."

"Ma tu l'hai sentito. Mi ha chiamato ragazzo come se fossi un qualunque topo di fogna. Sto per sposare la Principessa. Dovrebbe trattarmi con rispetto."

"Ti sei sentito meno degno di rispetto quando vivevi per strada?"

"No."

"Allora perché ti dovresti sentire più degno di rispetto ora che dormi nel palazzo?"

Aladdin ci pensò su per un po'. Sapeva che il Genio aveva ragione. Ma non poteva fare a meno di pensare che il Genio non stesse comprendendo il suo punto di vista.

"Non mi piace quando la gente mi chiama ragazzino… o ratto di fogna… o nessuno. Quando la gente inizierà a vedermi come qualcuno?"

"Quando te lo sarai meritato." rispose casualmente il Genio.

"E come faccio a meritarlo?"

"Smettendo di comportarti da ragazzino e iniziando a comportarti da uomo. E non intendo mettere arie e vestiti eleganti. Intendo essere quello che si prende cura degli altri, invece di quello che ha bisogno di essere curato."

"Nessuno si prende cura di me. Io mi prendo cura di me stesso. Lo faccio da quando sono morti i miei genitori."

"Aladdin, il mondo si prende cura di te. Altri coltivano il cibo che mangi e costruiscono gli edifici in cui dormi. Quei contadini e quei costruttori si prendono cura di te. Cosa hai dato loro in cambio?"

Aladdin mangiò in silenzio il resto della sua cena. Per quanto non gli piacesse sentirlo, sapeva che il Genio aveva ragione. Il Genio aveva sempre ragione. Era frustrante, ma vero.

Per un istante, si permise di immaginare come sarebbe stato se il Genio fosse andato via. L'idea gli faceva male al cuore. In breve tempo, il Genio era diventato la persona più importante nella sua vita. Voleva rendere il Genio orgoglioso di lui. Voleva essere il "qualcuno" che il Genio immaginava.

Forte di quella convinzione, Aladdin decise di prendersi cura di Jasmine, che lei lo amasse o meno. Jasmine gli aveva detto che non voleva sposare nessuno. Le parole risuonavano ancora nella sua mente. Ma, che lei lo volesse o meno, lui l'avrebbe sposata. Era l'unico modo per darle la libertà che desiderava disperatamente. Ed è quello che un "qualcuno" avrebbe fatto.

Quando ebbero finito di cenare, Visir tornò per scortare Aladdin e il Genio dalla Principessa. Mentre camminavano, Visir continuava a voltarsi indietro, prestando particolare attenzione al Genio. Aladdin sapeva che Visir lo riconosceva, ma non c'era modo per lui di riconoscere il Genio. Quindi, per quanto ne sapesse il Visir, costui era solo un servo pagato dal tesoro del Sultano Mohy al-Din. Almeno, era quello che Aladdin sperava.

Aladdin sapeva che, se gli fosse stato chiesto, avrebbe avuto difficoltà a spiegare come fosse riuscito ad uscire dalla caverna senza l'aiuto della magia. Ma chi diceva che non ci fosse un'altra via di uscita? Per quanto ne sapeva Visir, ci poteva essere un passaggio sotterraneo che conduceva alla stanza posteriore di un negozio di narghilè. Non c'era, ovviamente. Ma Visir non lo sapeva.

"Vi presento la Principessa Jasmine," disse Visir spingendo avanti Aladdin. "Io rimarrò qui con il vostro servitore." Visir si rivolse al Genio. "Mi scuso, come ti chiami?"

"Il suo nome non è importante," Aladdin intervenne prima che il Genio potesse rispondere. "Sì, rimani qui e io incontrerò la Principessa… per la prima volta."

Aladdin non era sicuro se stava ancora sfottendo Visir o scherzandoci su. Date le circostanze, era difficile dirlo.

Aladdin lasciò i due uomini e si addentrò in un giardino. Era incredibile. Copriva il suolo una piantina verde a foglie corte che non superava due centimetri di altezza. Tra loro si intrecciava un viale di marmo. E sparse per tutto il giardino c'erano quelli che potevano essere descritti solo come pozzi con piante fiorite che ne traboccavano. Era il panorama più bello che Aladdin avesse mai visto. E all'estremità opposta c'era Jasmine.

Non potè fare a meno di sorridere quando la vide. Sentiva il viso arrossato e il cuore batteva forte. Era nervoso. E, certamente, aveva il diritto di esserlo.

L'ultima volta che avevano parlato era stato dopo la loro notte intima insieme. Le aveva fatto cose che non avrebbe mai immaginato una ragazza rispettabile avrebbe permesso. Ora, eccolo a parlare con lei di nuovo sotto gli occhi vigili di… Allah sa quante persone.

"Aladdin," disse Jasmine. "O, dovrei chiamarti Il Grande Aladdin?" disse con un sorriso.

Le guance di Aladdin si fecero rosse alla domanda. "No. No. Aladdin va bene. Quindi, ehm… è bello incontrarti per la prima volta, Principessa Jasmine," disse con un sorriso.

Jasmine si fece più seria vedendo la sua formalità. I suoi occhi volarono su Visir che stava in piedi a distanza.

"Non c'è bisogno di fingere. Ho scelto di incontrarti qui perché so che è l'unico posto dove possiamo parlare senza che nessuno possa ascoltare."

Aladdin guardò Visir. "Sei sicura?"

"Sono sicura," Jasmine confermò, permettendo ad Aladdin di rilassarsi un poco.

"Allora, immagino che il nostro piano abbia funzionato. Tuo marito se ne è andato?"

"Sì. Immagino di sì," Jasmine disse nervosamente. "Ehm, prima che tu dica qualcosa, voglio scusarmi per quello che è successo l'ultima volta che eravamo insieme. So che forse non era quello che volevi. Mi dispiace averti forzato a fare qualcosa che ti metteva a disagio."

"Stai scherzando," Aladdin disse sorpreso. "Sono io che devo chiedere scusa a te per aver fatto qualcosa che ti potrebbe aver messo a disagio."

"Cosa hai fatto che potrebbe non essere stato piacevole per me?" chiese Jasmine confusa.

"Sai, l'ultima cosa… quando eri distesa sulla pancia."

"Oh!" Jasmine sembrava aver dimenticato cosa era successo. "No. Era quello che volevi tu. Voglio dire, all'inizio ero un po' sorpresa e non capivo cosa stava succedendo. Ma, dopo un po', sì, mi è piaciuto anche a me."

"Ti è piaciuto?" Aladdin sembrava confuso.

"Mi piaci tu, Aladdin. E se piace a te, piace anche a me."

Aladdin non sapeva cosa pensare della sua risposta. Sembrava a suo agio con ciò che era successo, ma stava solo cercando di farlo sentire meglio? Non ne era sicuro.

"Ascolta, Jasmine… O forse dovrei dire Principessa Jasmine…"

"Per favore non chiamarmi così. Non tu," Jasmine supplicò con dolore negli occhi.

"D'accordo," Aladdin cedette. "Ricordo bene che mi hai detto di non voler sposare nessuno…"

"Non lo voglio infatti," confermò rapidamente Jasmine.

"Capisco," Aladdin ammise perdendo un po' la sua sicurezza. "Tuttavia, penso veramente che dovremmo sposarci."

Jasmine guardò Aladdin con puro dolore. "Prima di rispondere, devo farti una domanda."

"Dimmi. Qualsiasi cosa." Aladdin aveva preso involontariamente le mani di Jasmine. Sentendo Visir schiarirsi la voce, le lasciò immediatamente. "Chiedimi qualunque cosa tu voglia."

"Aladdin, da dove hai preso l'oro? Come hai fatto a fare tutto questo? Quando ti ho conosciuto, vivevi per strada e adesso cavalchi elefanti e offri a mio padre cinquanta ceste d'oro per avere la mia mano in matrimonio. L'oro è vero? Se non lo fosse, devi dirmelo subito. Il nostro regno ha bisogno dell'oro più di quanto tu possa immaginare."

"No, Jasmine, è vero. Te lo giuro. Almeno penso che lo sia."

"Pensi che lo sia?"

"Voglio dire, sì, è vero. Sicuramente è vero."

"Ma allora come l'hai ottenuto? Come hai fatto a trasportarmi nel tuo letto? Come hai fatto a fare tutto questo?"

Aladdin avrebbe tanto voluto prendere la mano di Jasmine. Invece, guardò il Genio prima di incrociare lo sguardo di Jasmine.

"È stato lui? Ha qualcosa a che fare con tutto questo? Dimmi, Aladdin, chi è? L'ho già incontrato? Ha lavorato per il palazzo?"

Aladdin credeva di essere pronto a raccontarle tutto sul Genio, ma tutte quelle domande lo sorpresero.

"No, come avrebbe potuto lavorare per il palazzo?"

"Non lo so. Ma ho un vago ricordo di lui."

"Hai un ricordo di lui?"

"Sì. Due anni fa pensavo di averlo visto parlare con Visir."

"L'hai visto nel Palazzo due anni fa?"

"O forse era qualcuno che gli assomiglia molto. Non lo so."

Aladdin ricordava che anche il Genio gli aveva detto che Jasmine gli sembrava familiare. E adesso Jasmine diceva che anche a lei lui sembrava familiare. Cosa stava succedendo? Questa complicazione spinse Aladdin a mantenere il segreto sul Genio, per il momento.

"È molto strano," convenne Aladdin. "Ma posso garantirti che due anni fa non lavorava per il palazzo. Non lavorava per nessuno. In realtà, non parlava quasi con nessuno in quel periodo."

"Quindi, se non è stato lui a fare tutto questo, come sei riuscito a farlo?"

Aladdin ci pensò un attimo. "Ho trovato una grotta. Dentro c'era tanto oro. C'era anche il tappeto magico. E, aggiungendo un po' di gioco di prestigio, ecco… la magia!"

Jasmine continuava a guardare Aladdin con sospetto.

"Jasmine, ti fidi di me?"

"Se mi fido di te?"

Aladdin prese le mani di Jasmine ignorando gli sguardi del Visir. "Sì. Ti fidi di me? Ti fidi che farò tutto il necessario per proteggerti, anche se adesso non posso dirti come?"

Jasmine abbassò lo sguardo sulle mani di Aladdin che tenevano le sue. "Mi fido di te," confermò Jasmine guardando negli occhi dolci di Aladdin.

"Quindi sposami. Permettimi di darti la libertà che hai sempre desiderato."

"Ma, ora le cose sono diverse. Ho delle responsabilità come principessa che prima non comprendevo."

"Jasmine… ti fidi di me?"

Jasmine serrò le labbra. "Sì."

"Quindi, mi sposerai?"

"Sì, Aladdin. Ti sposerà."

La mente di Aladdin si riempì di gioia e felicità, mentre il suo cuore era straziato da paura e terrore. "E prometto che farò tutto il necessario per prendermi cura di te. Puoi contare su di me, Principessa Jasmine."

Jasmine, commossa dalla sua dichiarazione d'amore, si avvicinò per baciarlo.

"Basta così," interruppe Visir.

Jasmine si ritrasse e Aladdin lasciò le mani di Jasmine.

"Presumo che voi due abbiate raggiunto un accordo, e che stia per essere celebrato un matrimonio?"

"Sì, Visir, ho accettato la proposta di matrimonio di Aladdin," disse solennemente Jasmine.

"Informerò il Sultano che non dovrebbe aspettarsi problemi da parte tua in merito. Nel frattempo, Aladdin, permettimi di accompagnarti nella tua stanza."

Visir allungò la mano verso Aladdin e lo toccò sul fianco. Fu un gesto sconveniente e colpì Aladdin proprio dove non avrebbe voluto, sulla lampada.

Aladdin si sfilò di colpo e poi guardò negli occhi di Visir con senso di colpa. Doveva capire se Visir era consapevole di cosa avesse toccato. Non riusciva a capirlo guardandolo.

Ma perché Visir aveva dovuto toccarlo? Non poteva essere una coincidenza. Allo stesso tempo, se Visir sapeva cosa stava cercando e lo aveva trovato, perché non reagiva? Perché non lo aveva attaccato togliendogli la lampada?

"Di qui," indicò Visir facendo un passo indietro e indicando con la mano.

Aladdin piazzò il Genio tra lui e Visir mentre camminavano. Sempre ben consapevoli di dove si trovasse Visir, riuscirono a raggiungere senza problemi la stanza di Aladdin.

"Il tuo incontro è andato bene?" gli chiese il Genio, ignaro di ciò che era successo tra Aladdin e Visir.

Aladdin non sapeva se raccontargli del contatto di Visir con la lampada. Aveva bisogno di farlo? Sicuramente, Visir non sembrava aver capito cosa avesse toccato. Valeva la pena parlarne?

"Ha accettato di sposarmi." disse Aladdin.

"Allora il tuo desiderio è quasi realizzato," annunziò il Genio.

"Sì, immagino di sì," rispose Aladdin, dimenticando improvvisamente il Visir.

Questa era un'altra occasione in cui il Genio sembrava volerlo liquidare. Aladdin stava leggendo troppo in quelle parole? Cosa stava accadendo?

"Genio, sei arrabbiato con me?"

"Io arrabbiato con te? Perché dovrei essere arrabbiato con te?"

"Non lo so. Sembra solo che tu voglia liberarti di me. Ho fatto qualcosa di sbagliato?" chiese Aladdin con vulnerabilità.

“Non hai fatto nulla di sbagliato, Aladdin.”

“Allora, cosa c’è?”

Il Genio guardò altrove pensieroso. “È da un po’ che non frequento gli umani. La sensazione è diversa da come la ricordo.”

“Com’era prima?” chiese Aladdin con nonchalance.

“Prima c’era un sacco di inganno e doppiezza. C’era un sacco di pugnalate alle spalle e colpi bassi. Non ho mai pensato molto degli umani e della loro brama di potere.”

“Caspita! Sembra abbastanza terribile. Probabilmente hai dovuto fare moltissime cose che non volevi fare. Immagino non ci avessi mai pensato prima. Mi dispiace per questo, Genio.”

Il Genio guardò Aladdin intensamente, studiandolo.

“Cosa c’è?” chiese Aladdin sotto lo sguardo penetrante del Genio.

“Tu sei… diverso, Aladdin.”

“Vuoi dire che non sono ingannevole e subdolo, spero,” disse Aladdin con una risata allegra.

“Non è una cosa da poco quando un Genio dice che sei diverso da ciò che ha visto prima,” spiegò il Genio.

“Diverso in senso buono, spero.”

"In senso molto buono," gli disse il Genio, facendo sentire Aladdin meglio di come si fosse sentito per tutto il giorno.

"Grazie, Genio. Anche tu sei diverso da chiunque io abbia mai incontrato," disse senza intenzione di affermare l'ovvio. "Voglio dire, sono davvero felice di averti trovato, Genio," disse con un sorriso.

"Anch'io sono felice che tu mi abbia trovato," ammise il Genio con il cuore aperto.

Due giorni dopo, il giorno del loro matrimonio, il Visir arrivò nella stanza di Aladdin un'ora prima della cerimonia.

"Il Sultano mi ha chiesto di trasmetterti una richiesta," disse il Visir con occhi di acciaio.

Aladdin guardò il Genio sorpreso. "Una richiesta? Certo, qual è?"

"Il Sultano vorrebbe che tu indossassi l'abito tradizionale della sua terra natia. Crede che ciò mostrerebbe un grande rispetto nei suoi confronti e lo aiuterebbe ad accoglierti nella sua famiglia come erede."

Aladdin guardò di nuovo il Genio. "Certo. Sarei onorato di indossare qualcosa della sua terra nativa. Se me lo portate, me lo metterò."

"In realtà, la cerimonia della vestizione è molto precisa. Quindi sarai vestito dal valletto del Sultano. Se mi segui, ti porterò da lui."

"Come è fatto questo abito tradizionale?" chiese Aladdin con sospetto.

"Include i pantaloni tradizionali, la tunica, il turbante e il mantello. Non avrai bisogno di nulla di ciò che stai indossando ora. Ti forniremo tutto ciò di cui avrai bisogno."

"Voi?" chiese Aladdin.

"Sì, il Sultano mi ha chiesto di supervisionare per assicurarsi che il suo valletto faccia tutto nel modo giusto," disse il Visir con uno sguardo sapiente negli occhi.

Aladdin fissò il Visir sicuro che questo era il suo piano. Questo era ciò che aveva pianificato da sempre. Aveva effettivamente sentito la lampada sotto la sua tunica e sapeva che Aladdin l'aveva sempre con sé. Ed ora, nel giorno del suo matrimonio, il Visir stava pianificando di svelarla, mentre Aladdin si svestiva, e di prenderla.

"Certo," disse Aladdin sicuro del piano del Visir. "Se dovrò andare direttamente al mio matrimonio da lì, avrò bisogno di qualche momento per prepararmi. Ti dispiace uscire? Ti raggiungerò quando sarò pronto."

"Come desideri, Grande Aladdin," disse il Visir con tono derisorio.

Quando la porta si chiuse, Aladdin si voltò verso il Genio in preda al panico.

"Lui sa. Sa che porto la lampada. Ecco perché sta facendo tutto questo. Vuole la lampada tutta per sé."

Il Genio si mise subito in allarme. "Desideri usare il tuo ultimo desiderio per proteggerla?"

Aladdin guardò di nuovo il Genio. Non riusciva a capire perché il genio stesse cercando di fargli spendere l'ultimo desiderio per questo. Non sarebbe stato negativo per entrambi se il Visir avesse messo le mani sulla lampada? Non sarebbe stato meglio che fosse il Genio a difendere la lampada? "No," disse Aladdin cercando una soluzione nella sua mente. "Dammi un secondo per pensare."

Aladdin guardò nella stanza cercando di elaborare un piano. Quando i suoi occhi si posarono sulla scrivania vicino alla finestra, ebbe un'idea: "So cosa possiamo fare."

In pochi minuti, Aladdin e il Genio raggiunsero il Visir nel corridoio fuori dalla loro stanza. Seguendo il Visir attraverso i corridoi, Aladdin lanciava occhiate al Genio. Quest'ultimo rimaneva calmo. Non era certo di come potesse esserlo. Il Visir stava cercando di separarli. Se il Genio teneva a lui come aveva lasciato intendere, non avrebbe dovuto essere turbato in qualche modo da quella situazione?

Quando i tre arrivarono al guardaroba reale, il Visir fece entrare Aladdin.

"Puoi aspettare fuori," disse il Visir al Genio. "Prometto di prendermi cura di lui."

Il Genio guardò Aladdin per capire cosa fare.

"Va bene. Non preoccuparti," disse Aladdin. "Aspettami qui."

Il Genio si fece indietro senza dire una parola. Aladdin guardò il Visir, gli sorrise con fiducia e poi entrò nel guardaroba. Era più grande di tutto il traballante secondo piano in cui era solito dormire. C'era anche una scrivania contro una delle pareti e un paravento per cambiarsi.

Aladdin guardò in giro prendendo fiducia da ciò che vedeva.

"Cosa vuole che indossi il Sultano?"

"Sarto!" chiamò il Visir, portando davanti ad Aladdin un uomo magro vestito di abiti stranamente colorati. "L'abito da sposo, per favore."

Il sarto prese un abito da un appendiabiti e lo presentò ad Aladdin.

"E dove posso metterlo?" chiese Aladdin guardando di nuovo il paravento.

"Non c'è bisogno di essere timido, Aladdin. Il sarto dovrà vedere le necessarie modifiche. Puoi cambiarti proprio qui," disse Visir con un sorriso.

Aladdin guardò Visir con un attimo di preoccupazione, poi raggiunse il turbante e se lo mise.

"Sai, Visir, devo ringraziarti per quello che hai fatto," gli disse Aladdin, guardandosi allo specchio.

"E per quale motivo?"

"Dai, non facciamoci finta. Mi hai portato alla grotta. Senza di te, non avrei neanche saputo della sua esistenza."

"Ah, quindi non stiamo più fingendo. Devo ammettere, sono rimasto sorpreso di vederti nel grande salone, vivo."

"Bè, quasi non lo ero. Quel masso è stato a un soffio dallo schiacciarmi," disse indicando con le dita. "Però, la ragione per cui la grotta stava crollando era perché non avevo ascoltato il tuo consiglio. Avevo toccato qualcosa. Era questa grossa pietra su un tappeto magico. E, se non fosse stato per quel tappeto magico che mi ha salvato all'ultimo istante, sarei morto."

"Quindi lo ammetti. Ce l'hai," il Visir tirò fuori una lama demoniaca e ondulata e la tenne dietro la schiena. "Dammela, ragazzo! So che ce l'hai. E, non c'è nessuno qui a proteggerti adesso."

"Che cosa?" disse Aladdin mentre si svestiva della sua tunica.

"Non fare il furbo. La lampada. Dammela!"

"La lampada?" mentre Aladdin lo diceva, si girò dando a Visir una visione completa di ciò che pendeva dalla sua cintura. "No. Sono stato salvato dal masso. La lampada no. Sfortunatamente, quella è stata distrutta."

Visir guardò l'oggetto metallico appeso alla cintura di Aladdin. Era un calamaio. Assomigliava un po' alla lampada di Genie, ma chiaramente non lo era.

"Cosa?" esclamò Visir sorpreso.

"Sì. Distrutta. Ancora non capisco perché quella fosse la sola cosa che volevi in una grotta piena di tanti tesori."

"Non capisco," proclamò Visir. "Come hai ottenuto tutto questo? L'oro, gli schiavi?"

"Come ho detto, c'era un'enorme fortuna lì dentro. Una volta trovata l'altra via d'uscita…"

"C'era un'altra via d'uscita?"

"Certo. Come potrei essere qui oggi, sul punto di sposare la Principessa?"

"Devi essere un bugiardo."

"A proposito di cosa?" chiese Aladdin cambiandosi nel suo abito da sposo.

"Della lampada, dell'oro, di tutto."

"Ti posso assicurare che non lo sono. Ma capisco perché potresti pensarla così. Tutto sembra essere un po' MAGICO, vero?" disse Aladdin, non potendo fare a meno di sfotterlo.

Il volto di Visir passò dalla sorpresa alla rabbia. Aladdin lo ignorò e si ammirò allo specchio completamente vestito.

"Allora, dov'è l'anello, ragazzo?"

Aladdin si fermò.

"L'anello?"

"Sì, ragazzo, l'anello. L'anello che hai messo sul tuo dito per guidarti alla lampada. Non lo vedo adesso. Dov'è?"

Aladdin non aveva previsto l'anello. Non ci aveva nemmeno pensato in questi giorni.

"Immagino di averlo perso. Perché? Era prezioso?"

"Sai benissimo a cosa serviva."

"Oh, certo, per trovare la lampada. Sì, immagino di averlo perso. Con la lampada distrutta a cosa serviva?"

"Capisco," disse Visir fissando Aladdin con malvagità negli occhi.

Aladdin sentì un'ondata di calore lavargli il viso. Con tutto quello che era successo, non aveva davvero dato molta importanza all'anello. Avrebbe dovuto. Lo capiva adesso. Ma, che importanza aveva? Era attualmente nella sua stanza in affitto, molto lontano da lì.

"Sei pronto," il sarto disse ad Aladdin.

"Immagino sia ora per te di sposarti," disse Visir ad Aladdin.

"Sì, immagino sia arrivato il momento."

Visir guidò Aladdin fuori dalla cabina reale e nel corridoio. Il Genio, che li aveva aspettati, esaminò rapidamente Aladdin.

"Tutto bene, è tutto a posto. È ora di sposarsi."

Aladdin rimase un passo indietro rispetto a Visir mentre li guidava verso il grande salone. Aladdin non pensava di poter dire al Genio ciò che era successo senza che Visir sentisse, quindi rimase in silenzio. Cosa avrebbe detto al Genio se anche avesse potuto dirgli qualcosa? Aladdin non lo sapeva.

Tenendo un occhio attento su Visir, i tre uomini entrarono in una piccola stanza sul retro del grande salone. Qui dovevano aspettare prima di prendere i loro posti. Erano solo loro tre e la stanza era silenziosa. Aladdin non distolse quasi mai lo sguardo da Visir. Ma Visir guardò altrove come se stesse pianificando la prossima mossa.

Cosa poteva fare Visir, però? Era lì con loro. Finché non si allontanava dalla loro vista, sarebbero stati a posto… giusto?

"È ora di mettersi al posto giusto," disse finalmente Visir sentendo una campana squillare in tutto il palazzo.

Aladdin era ufficialmente nervoso. Tutto stava accadendo tutto insieme. Il Visir poteva o non poteva fare la sua mossa e lui, un sorcio di strada, stava per andare davanti a un tribunale reale e sposare una Principessa. Iniziò a sudare.

"Tu ti metti lì," disse Visir accompagnandolo in fondo alle scale all'inizio della stanza.

Aladdin prese posto e il Genio si mise accanto a lui. Aladdin incrociò le mani cercando di interrompere il loro tremolio. Non ci riuscì. Quindi si girò, invece, di profilo e guardò Visir prendere posto. Visir si sedette da solo nella prima sedia dietro la prima fila. Ad Aladdin andava bene così. Finché era lì, non poteva succedere nulla.

Con un gesto, tutti furono invitati a mettersi in piedi. Una volta alzati, entrarono il Sultan e sua moglie. Aladdin non aveva mai visto la madre di Jasmine prima.

Era vestita splendidamente e sembrava una versione più anziana di Jasmine.

Con il Sultano seduto di fronte al Visir, Aladdin udì un altro rintocco di campana. Rivolgendo lo sguardo all'ingresso della sala, rimase incantato. Jasmine fece il suo ingresso indossando il più bel vestito bianco che Aladdin avesse mai visto. Appariva ogni centimetro una principessa. Il suo vestito, illuminato da un lieve velo sul volto, si prolungava molto dietro di lei. Aladdin non riusciva a credere alla sua fortuna: quella era la donna che avrebbe sposato.

Vederla lo tranquillizzò. Impossibilitato a distogliere gli occhi da lei, quasi non si accorse quando qualcuno si avvicinò al Visir, ascoltò qualcosa al suo orecchio, e poi se ne andò.

Aladdin non riusciva a capire a cosa servisse quella strategia, ma a quel punto, quale importanza poteva avere? Da quando aveva conosciuto Jasmine, tutto ciò che desiderava era stare con lei, che essa fosse un "lui" o meno.

Jasmine raggiunse Aladdin ponendosi al suo fianco. Lui la guardò. Lei aveva il viso rivolto in avanti, ma attraverso il velo, poteva vedere che stava sorridendo. Il suo sorriso fece sciogliere il cuore di Aladdin. Non aveva più paura di stare con la splendida donna al fianco. Tutto ciò che desiderava era renderla felice per il resto della sua vita.

Un Imam si unì alla coppia, posizionandosi all'inizio degli scalini. Era un uomo anziano dalla pelle olivastra con degli occhiali. Teneva con sé un libro. Sorridendo alla coppia, iniziò a leggere da esso. Aladdin riconobbe le parole come versetti del Corano. Sapendo che nemmeno Jasmine era religiosa, la guardò di sfuggita. Anche lei stava guardando lui. Ambedue sembravano divertiti dal rituale.

L'Imam si schiarì la voce, richiamando la loro attenzione. Aladdin riconobbe un'espressione di rimprovero quando lo guardò. Trovando tutto quel clamore divertente, Aladdin dovette fare di tutto per non scoppiare a ridere.

Fu quando l'Imam iniziò a recitare i suoi doveri come marito che Aladdin tornò serio. Erano molti e molto rigidi. Aladdin pensò a ciò che lui e Jasmine avevano già fatto insieme. Secondo le regole dell'Imam, questo avrebbe già fatto di Aladdin un cattivo marito.

Fu allora che Aladdin decise di creare i suoi propri principi. In piedi davanti all'Imam, Aladdin decise che avrebbe dato la sua vita per mantenere Jasmine al sicuro. Avrebbe fatto tutto il necessario per compiacerla. E avrebbe fatto tutto il possibile per darle la libertà che tanto desiderava. Gliela avrebbe data anche se lui stesso ne avrebbe sofferto. Gliela avrebbe data anche se ciò gli avrebbe spezzato il cuore.

E se la sua libertà avesse richiesto che lui si mettesse da parte, avrebbe fatto anche quello. Quello che desiderava più del denaro o anche di un posto caldo dove dormire era renderla felice. E, indipendentemente da ciò che l'Imam gli avrebbe fatto promettere, quelle erano le promesse che Aladdin avrebbe sempre mantenuto.

"Accetti tutto questo come marito?" chiese l'Imam.

"Sì," rispose Aladdin senza esitazione.

"Allora, apponi qui la tua firma, e prendi possesso di questa donna come tua moglie."

Aladdin si aspettava che le sue mani tremassero ancora quando si avvicinò alla penna. Non lo fecero. Lui desiderava questo. Desiderava lei. E, con fiducia, prese in mano la penna, la portò sul libro dell'Imam e …

"Credo che possiamo fermare questa farsa ora," disse il Visir attirando l'attenzione di tutti.

Gli ospiti trasalirono.

Aladdin che aveva distolto lo sguardo dal Visir solo per il tempo necessario a sposare la donna che amava, si voltò per vedere tutto ciò che temeva. Il Visir era in piedi nel mezzo del corridoio a guardare Aladdin, e aveva in mano la lampada.

"Genio," pronunciò Aladdin senza rendersi conto di quanto lo aveva detto forte.

"Genio?" disse il Visir con piacere.

"Genio, desidero che tu mi dia indietro la lampada," urlò Aladdin.

Ma era troppo tardi. Il Visir aveva strofinato la lampada. Mentre Aladdin esprimeva il suo desiderio, il Genio stava svanendo al suo fianco.

Capitolo 10

Genio

In piedi accanto ad Aladdin, il Genio osservava ciò che stava succedendo, incapace di muoversi. Era come se il suo cervello fosse disconnesso dal suo corpo. Poteva sentire Aladdin cercare disperatamente di esprimere il suo desiderio. Ma, allo stesso tempo, poteva sentire i suoni tortuosi e infernali mentre la manica del Visir sfiorava il lato della sua lampada.

Il dolore di quel gesto gli perforava l'intero essere, come chiodi martellati nelle sue orecchie. Era insopportabile. Quella era la maledizione che l'angelo gli aveva inflitto migliaia di anni fa. Il Genio avrebbe potuto resistere, ma se lo avesse fatto, il rumore non si sarebbe mai fermato.

Cedendo alla maledizione, il Genio si ritrovò di nuovo all'interno della lampada. Era di nuovo fumo. Si sentiva presente e assente allo stesso tempo. E come se fosse spinto dalla forza di un buco nero, il Genio venne aspirato fuori dal beccuccio della lampada, costretto ad obbedire a colui che l'aveva strofinato.

"Sono il Genio della lampada," annunciò il Genio fluttuando sopra la folla. "A chi ha sfregato la mia lampada, concedo tre desideri."

"Genio!" sentì dire il suo giovane amico.

Genio non poteva farci niente, però. Tutto quello che poteva fare era osservare e obbedire.

"Non è più il tuo Genio, ragazzo. Ora è il mio. Pensavi di poter nascondermi la lampada dentro il palazzo? Nella tua stanza? Mi credevi così sciocco?"

"Genio, resisti," implorò Aladdin. "Per favore!"

Il Genio avrebbe voluto dirgli quanto desiderava farlo. Avrebbe voluto dire a Aladdin un sacco di cose. Avrebbe voluto trasmettere al suo giovane amico la sua saggezza di 10.000 anni. Ma non funziona così la saggezza.

La saggezza si ottiene dall'esperienza. Bisogna imparare le conseguenze delle proprie azioni. E un vero amico deve permetterti di impararlo, anche se ciò significa che quell'amico potresti perderlo.

"Non si può resistermi, ragazzo. Questa è la maledizione della lampada."

Il Visir si rivolse al suo nuovo schiavo.

"Ora, Genio, per il mio primo desiderio, voglio che tutto ciò che ora è del Sultano, diventi mio. Fammi diventare il Sultano!" gridò Visir.

Il cielo esplose. Nubi dense emersero coprendo la terra di oscuro. Mentre la terra tremava Aladdin crollò in ginocchio. Il terreno si stava sollevando attorno a lui. Aladdin pensò di sprofondare, ma non lo stava facendo. Il pavimento del palazzo e tutto intorno a lui si sollevavano in aria come se lui non ci fosse.

"Otterrò finalmente ciò che mi spetta, Sultano. Otterrò ciò che mi merito!" esclamò il Visir in un concerto di tuoni.

Cadendo attraverso il pavimento, Aladdin non poteva fare nulla per fermarlo. Anche i vestiti stavano abbandonando il suo corpo. Jasmine, che ancora stava al suo fianco, venne sollevata con il palazzo. Non avendo ancora firmato il contratto di matrimonio, era ancora un possesso del Sultano.

Il Genio non stava solo assistendo a tutto ciò, lo stava causando. Il dolore che provava strappando Jasmine da Aladdin era insopportabile. Il Genio aveva distrutto regni e aveva devastato migliaia di persone al servizio dei suoi padroni. Ma mai prima d'ora una delle sue azioni gli aveva causato un tale dolore.

Il Genio cercò di sopprimere il dolore, ma non poteva. Era intrappolato dalla maledizione che lo aveva schiavizzato.

L'unica cosa che poteva fare era di scarsa importanza. C'era una piccola parte del Genio che non c'era. Tanto tempo prima aveva staccato una parte di sé, mettendola in un anello. Aveva detto al suo padrone che l'anello serviva per guidarlo di nuovo al suo tesoro e alla lampada. Ma il suo vero scopo era permettere a una parte di Genio di restare libera per cercare sulla terra chi potesse liberarlo.

Sopraffatto dal dolore che stava ora procurando, il Genio spostò la parte di lui che sentiva il dolore nell'anello. In un attimo, fu lì. Poteva sentire il tuono e il caos, ma erano eventi tristi che accadevano lontano.

Da quella distanza, poteva far finta di non avere nulla a che fare con tutto ciò. Dall'anello, poteva permettere alla sua mente di riposare, liberata da 10.000 anni di ricordi. Era come se sapesse poco, come gli umani attorno a lui. Il Genio preferiva così.

In quella beata ignoranza, il Genio pensò di poter dormire. Non sarebbe stato in grado, però. Si sarebbe sentito più vivo di quanto non si era mai sentito. Solo che ancora non sapeva come né perché.

Capitolo 11

Aladdin

Aladdin era disteso a pancia in giù, appoggiato sulle mani e sulle ginocchia. Era nudo, tranne che per i suoi mutandoni. Si guardò giù, incapace di decifrare le proprie emozioni. Il terreno non tremava più, ma la scossa l'aveva lasciato stordito. Forse "nauseato" era la parola più adatta perché Aladdin non aveva solo l'impressione che il mondo girasse. Aveva la sensazione di essere lui stesso a capovolgere tutto.

"Magia!" disse una voce, rivolgendosi chiaramente a lui.

Aladdin alzò lo sguardo. Era stato il Sultano a dirlo. L'uomo barbuto si ergeva nudo e senza rimorso. I suoi occhi erano rossi di rabbia. Aladdin sapeva che, indipendentemente da ciò che il Sultano avrebbe detto, egli avrebbe avuto ragione.

"Hai portato questa magia nel mio regno? Nel mio palazzo?"

Aladdin si lasciò cadere a sedere. Stava ancora cercando di capire cosa fosse successo. Il Visir doveva aver ordinato all'uomo con cui aveva parlato di perquisire la sua stanza alla ricerca della lampada. Aladdin si rese conto di essere stato un idiota a pensare di poterla nascondere lì.

Dove avrebbe potuto celarla, comunque? L'unica altra azione che avrebbe potuto compiere per mantenerla al sicuro sarebbe stata esprimere il suo terzo desiderio per proteggerla. Perché non aveva usato il terzo desiderio per proteggerla? Nel suo tentativo di avere tutto, aveva finito per perdere tutto.

"Mia figlia, mia moglie, il mio regno," disse il Sultano crollando a terra.

"Li salverò," disse Aladdin, quasi senza rendersene conto.

"Come? Come puoi salvarli da tutto questo? Mi hai distrutto. Hai distrutto tutto ciò che era importante per me," disse il Sultano, guardandosi intorno frastornato.

"Ho promesso che avrei fatto tutto il necessario per proteggere tua figlia…"

"Eppure, hai permesso che succedesse questo. Perché non l'hai protetta?"

Aladdin deglutì, comprendendo la verità latente nelle parole del Sultano. Da bambino, si era sempre considerato un eroe che prendeva quello che voleva da coloro che ne avevano. Ma si era sempre sbagliato. Non era mai stato un eroe. Era sempre stato un cattivo.

Prendeva quello che voleva da coloro che lavoravano duramente, e non gli erano mai importate le conseguenze. Ora stava affrontando le conseguenze di tutte le sue azioni e l'immagine di ciò lo faceva sentire male.

"Ti prometto sulla mia vita, Sultano, troverò tua figlia e tua moglie e le riporterò da te. Se mi sarà possibile, restituirò tutto ciò che hai perduto. Te lo prometto, Sultano. Lo giuro sulla mia vita."

Il Sultano non rispose. Aladdin non aveva bisogno di una risposta. Aveva deciso che lo avrebbe fatto, che il Sultano ci credesse o no.

Guardandosi intorno nell'esplosione disastrosa, alzò gli occhi al cielo alla ricerca del palazzo. Era sparito. Come avrebbe potuto ritrovarlo? Vide la direzione in cui era volato. Poteva semplicemente camminare in quella direzione. Oppure, se fosse stato ancora lì, avrebbe potuto volare sul tappeto magico.

Pensando di non essere in grado di entrare nel palazzo senza farsi notare, Aladdin aveva abbandonato il tappeto magico. I tappeti magici sono selvaggi come il vento del deserto, tuttavia. Quindi, non sapendo se sarebbe ancora stato lì, Aladdin si diresse verso la sua stanza in affitto e fece ritorno.

Arrivato in camicia e mutande alla periferia della città, Aladdin entrò nella sua stanza sentendosi come il topo di strada che era sempre stato. I vestiti che si mise in fretta non fecero alcuna differenza. Il Genio aveva ragione. Dormire nel palazzo non lo rendeva più degno di rispetto di quanto non fosse dormendo per strada.

"Tappeto?" chiamò Aladdin guardandosi intorno nella stanza. "Tappeto?"

Non essendo tornato da giorni, il tappeto se ne era andato. Il cuore di Aladdin affondò. Seduto sul suo letto con la faccia tra le mani, si chiese cosa dovesse fare ora.

Aladdin sentiva la mancanza del Genio. Se fosse stato ancora con lui, era certo che il Genio avrebbe detto qualcosa che avrebbe aiutato. Ad Aladdin faceva fatica accettare il pericolo in cui aveva messo il suo amico. Perché era quello che il genio era, era l'amico di Aladdin.

Il Genio aveva voluto solo aiutarlo. E quando era arrivato il momento per Aladdin di proteggere il suo amico, lui aveva fallito. Non avrebbe fallito ancora con i suoi amici.

Fu allora che Aladdin si ricordò di una cosa. Era stata la cosa che il Visir gli aveva chiesto. Era l'anello. Aladdin non ci aveva pensato più di tanto da quando aveva incontrato il Genio. Lo aveva considerato solo una mappa lucente attraverso la grotta. Ma il Visir l'aveva definito qualcosa di più. Lo aveva definito la guida alla lampada.

Aveva ancora l'anello. Almeno pensava di averlo. E, se non gli fosse stato rubato mentre era stato via, forse avrebbe potuto essere d'aiuto adesso.

Aladdin, conoscendo i ladri che si aggiravano per la città, essendo stato uno di loro, aveva nascosto l'anello. C'era un solo posto dove la maggior parte dei ladri non avrebbe mai guardato. Ogni stanza in affitto come quella aveva un comodo servizio che la maggior parte delle case non aveva, un secchio da toilette. Quindi, se qualcuno voleva tenere al sicuro qualcosa, avrebbe avvolto l'oggetto in un pezzo di stoffa, l'avrebbe messo nel secchio da toilette e avrebbe parzialmente riempito il secchio con l'urina. Era disgustoso, ma era anche la migliore alternativa quando non ci si poteva permettere una guardia armata fuori dalla propria stanza.

Aladdin si avvicinò al secchio sperando che nessuno fosse entrato con buone intenzioni e l'avesse pulito. Nessuno lo aveva fatto. Togliendo il coperchio, trovò il pezzo di stoffa esattamente dove l'aveva lasciato lui. Recuperarlo non fu un problema. Aladdin aveva trascorso la sua vita per le strade. Aveva dovuto fare cose molto peggiori di quella.

Pulito l'anello, Aladdin lo fissò. Non c'era nulla di speciale. Stava cominciando a pensare di venderlo per comprare un cammello quando ricordò che era diventato vivo per lui quando lo aveva indossato.

Raccolto il coraggio, infilò l'anello al dito. Non si aspettava ciò che vide.

"Genio?" Aladdin disse all'improvviso, vedendo nella mente il suo amico.

Il Genio sembrava confuso, ma, sentito il suo nome, si girò e guardò Aladdin.

"Genio, sei tu o lo sto immaginando io?"

"Aladdin!" come se fosse di fronte a lui, il Genio avanzò di un passo e gettò le braccia attorno al collo di Aladdin. "Aladdin, è stato orribile. Mi ha fatto togliere il palazzo, non potevo fare a meno di obbedirgli."

"Lo so, Genio. Non è colpa tua," lo rassicurò Aladdin.

"Ma è colpa mia. Se non fossi stato così intento a farti una lezione, ti avrei detto che tutto questo era possibile. Non cercavo di farti del male, Aladdin. Stavo cercando di aiutarti."

"Genio, niente di tutto questo è colpa tua. La colpa è mia. Mi avevi suggerito di utilizzare il mio ultimo desiderio per proteggere la lampada, ma ho rifiutato. È stata la mia avidità a metterci in questa situazione. Sono davvero dispiaciuto per questo, Genio. Puoi perdonarmi?"

"Io non posso essere arrabbiato con te Aladdin. Non lo sai? Siamo amici."

"Credi che siamo amici?" chiese Aladdin avvertendo un calore interno.

"Certo che siamo amici. Ti voglio bene, Aladdin. So che non sembra, ma è così."

"Mi vuoi bene, Genio?"

"Ti voglio bene. Mi hai fatto vedere il lato buono dell'umanità. Non avrei mai immaginato che gli umani potessero essere altro che padroni avidi di potere che hanno comandato la lampada, ma tu lo sei. Ora lo so ed è grazie a te. Come potrei non volerti bene? Hai cambiato il mio mondo," disse Genio con un sorriso.

Ascoltando il Genio, Aladdin fu commosso fino alle lacrime.

"Cosa c'è che non va, Aladdin?" chiese il Genio con delicata preoccupazione.

"Niente, Genio. Ma c'è una cosa che non capisco. Come mai sei qui?"

"Ah, non sono qui."

"Non sei qui?"

"No. Solo una piccola parte di me è qui. La maggior parte di me è tornata dal mio nuovo padrone. L'unica parte di me che è qui è quella che non poteva guardare cosa mi costringeva a farti. No, no. Non riuscivo a sopportare la vista. Così, ho messo quella parte di me qui, nell'anello, mentre il resto di me faceva ciò che doveva fare."

"Potresti dirmi dove si trova il palazzo ora?" chiese Aladdin guardando l'anello.

"Certo. È per questo che l'anello è stato creato. Ho creato l'anello per guidarti alla lampada. Voglio dire, non proprio te in particolare, ma il padrone che avevo ingannato per mettermi in quella caverna."

"Hai creato tu l'anello?"

"L'ho fatto. E ho messo una piccola parte di me dentro. Doveva trovare chi poteva liberarmi e poi guidarlo alla lampada."

"Lo ha fatto!"

"Lo ha fatto. E ha trovato te… e Jasmine."

"E Jasmine."

Il Genio abbassò lo sguardo imbarazzato. "E ora capisco perché Jasmine mi sembrava familiare."

"L'hai capito? Perché?"

Il Genio guardò Aladdin senza voler rispondere. "Dobbiamo andare. Se devi salvare la Principessa, dovresti farlo prima che Visir esprima i suoi desideri. Non le vuole bene."

"Va bene, Genio. Andiamo. Ehm, c'è qualche modo per riavere il tappeto? Lui, il tappeto, è sparito. E, se lo avessimo, potremmo arrivare dove dobbiamo molto più velocemente."

"Vorrei poterlo fare, Aladdin. Ma non sono al mio massimo. Posso parlarti perché stai indossando l'anello. Altrimenti, potrei apparirti solo nei sogni. I tappeti magici non sognano. Potrei provare, ma non aspettarti troppo."

"Va bene. Nel frattempo, lo faremo senza la magia."

Il Genio guardò Aladdin con tristezza.

"Non preoccuparti Genio, quando ci arriverò, salverò anche te. Non ti lascerò lì con lui. Te lo prometto," disse Aladdin al suo amico.

Il Genio riuscì a sorridere. Voleva credere al suo amico. Ma, sapeva qualcosa che Aladdin ignorava. E, purtroppo, sapeva che Aladdin lo avrebbe scoperto molto presto.

Capitolo 12

Jasmine

Jasmine barcollò mentre il palazzo si sollevava lentamente in aria. Non sapeva cosa stesse succedendo. Aladdin, l'uomo che presto sarebbe diventato suo marito, sembrava affondare nel pavimento. Jasmine si guardò attorno. Anche suo padre stava affondando, così come i suoi ospiti.

Chi era sicura non stessero affondando erano le sue guardie, sua madre, il Visir e il servitore di Aladdin. Tuttavia, il servitore di Aladdin non era solo un servitore. Era un Genio. Era il Genio di Aladdin. Così, ogni volta che Aladdin accennava a qualcosa di magico che stava accadendo, lei ora capiva cosa intendesse. Non poteva crederci.

Oltre a questo, il Genio di Aladdin era ora il Genio del Visir. L'uomo che temeva di più ora aveva in mano un potere illimitato. Con esso, aveva rubato tutto ciò che apparteneva a suo padre. A quanto pare, incluso lei. Ancora non sposata, era proprietà di suo padre. Così, insieme a sua madre, e al palazzo, si stava sollevando nel cielo come in un altro viaggio sul tappeto volante.

"Cosa stai facendo, Visir?" urlò Jasmine mentre lui ridacchiava come un maniaco.

"Sto avendo ciò che mi è dovuto, Principessa. Pensi che fosse tuo padre a governare il regno? Quell'imbecille? No, Principessa, ero io. Il Sultano non avrebbe niente se non fosse stato per me. E ora sto riscuotendo ciò che è mio."

Jasmine, vestita con il suo abito da sposa, serrò i pugni rifiutandosi di far accadere tutto questo. Pronta a fare ciò che doveva per fermarlo, Jasmine si abbassò in posizione accucciata, puntò lo sguardo sull'uomo malvagio e si lanciò contro di lui. Correndo il più velocemente possibile, si avvicinò al Visir, pronta a gettarsi su di lui. Lui non la vide arrivare, ma la vide solo un istante prima che fosse troppo tardi.

"Genio, desidero che tu mi protegga," disse il Visir attivando il Genio.

Il Genio fu di fronte a lei in un baleno. Mentre lei saltava in aria, il Genio la prese al volo. Con le sue grandi mani che la trattennero, lei resistette.

"Lasciami andare," gridò, tirando la presa del Genio mentre lo faceva.

"Principessa, non capisci che ora sei mia. Tutto questo è mio. Potrei ordinare che tutto ciò che possiedo venga distrutto e saresti distrutta anche tu. Ora sono il tuo sovrano onnipotente e posso fare di te ciò che voglio.

"Dove ci stai portando?" chiese Jasmine ancora combattendo.

"Sto portando te e il mio palazzo dove metto sempre le mie cose, in un posto dove nessuno le prenderà. Una volta arrivati lì, deciderò cosa fare di te. Deciderò cosa fare di entrambe voi," disse il Visir guardando tra Jasmine e sua madre con desiderio.

Fu allora che Jasmine smise di lottare. La sua resistenza non stava dando alcun risultato. La presa del Genio era come pietra. Non sarebbe stata in grado di scappare. Tutto quello che poteva fare era aspettare il momento giusto.

Inoltre, le nuvole ora passavano veloci davanti alle finestre. Cosa si aspettava che succedesse se avesse raggiunto il Visir? Non avrebbe forse fatto cadere il palazzo portando alla loro morte, se lo avesse attaccato?

Lasciando andare il suo corpo, Jasmine rimase sospesa nelle mani del Genio.

"Hai capito," disse il Visir compiaciuto. "Hai capito che sei una cosa impotente. Una brutta, cosa impotente. Ora, andrai nella tua stanza come una brava ragazza e aspetterai lì fino a quando non ti dirò quale sarà il tuo destino. Guardie!" fece cenno prima che il genio la lasciasse andare e le guardie la portassero via.

Jasmine ritornò nella sua stanza con il vestito da sposa che strusciava dietro di lei. Non si era mai sentita così impotente in vita sua. Mentre passava vicino a una finestra, vide solo nuvole. Il palazzo stava ancora volando. Sarebbe mai atterrato? Quanto lontano stavano andando? Avrebbe riconosciuto dove si trovavano una volta fermatisi?

Una volta rinchiusa di nuovo nella sua stanza, Jasmine si avvicinò al balcone. Il mondo sfrecciava davanti a lei. Era vertiginoso. Guardando oltre la balaustra di pietra c'era sempre lo stesso giardino. Ma lontano dietro il muro del palazzo c'erano deserti in movimento. Sapeva che era lei e non il deserto che stava muovendosi. Ma non poteva fare a meno di vederlo come un mare di sabbia ondulante.

Guardando fuori, pensò ai suoi viaggi magici con Aladdin. Ricordava quanto il mondo le sembrasse grande, seduta accanto a lui. Lei era una Principessa, davanti alla quale la gente chinava la testa, eppure tutto questo la faceva sentire piccola.

Jasmine si sentì piccola di nuovo. Guardando il mondo sfrecciare, si chiedeva come avrebbe potuto scappare questa volta. Aveva provato a fuggire. Aveva provato a sposarsi per fuggire. Cosa rimaneva?

Jasmine guardò il paesaggio volare per quanto poté. Dopo un po', non riuscì più a guardare. Tornata nella sua stanza, si tolse il vestito da sposa e indossò i suoi abiti più maschili. Distesa a letto a fissare il soffitto, pensò a quanto sarebbe stata diversa la sua vita se fosse stata un ragazzo. I figli non erano proprietà di loro padre. I principi non erano al riparo dallo sguardo degli altri. E, se fosse stata un ragazzo, sarebbe stata il suo stesso uomo.

Non lo era però. Lo sapeva. E accettando di non esserlo, avrebbe dovuto escogitare qualcosa per salvare sé stessa e sua madre. Ciò che era, non lo sapeva ancora. Ma qualcosa le diceva che non avrebbe avuto molto tempo per capirlo.

Fu mentre Jasmine dormiva che il palazzo toccò finalmente di nuovo la terra. Si svegliò. Era notte, ma anche al buio, poté vedere quanto fosse straniero quel terreno. Il palazzo era atterrato su un punto che affacciava su una valle lussureggiante. Continuò a fissarla fino all'alba, ma nessun lasso di tempo l'avrebbe preparata a ciò che avrebbe scoperto quando il sole sarebbe sorto.

Jasmine aveva trascorso tutta la vita in un deserto. La cosa più verde che avesse mai visto era il giardino del palazzo. Era una meraviglia rispetto alla terra intorno alla città. Ma, mentre il sole si riversava oltre la montagna, l'unica cosa che poteva vedere in lontananza erano gli alberi. Ogni centimetro del paesaggio davanti a lei era verde. Non era sicura che ci fosse così tanto verde in tutto il mondo. Eppure, eccolo lì.

Dove si trovava, si chiedeva? E come avrebbe potuto salvarla Aladdin?

Guardando un luogo così sconosciuto, Jasmine non poteva fare a meno di pensare a qualcuno che le era familiare. Aladdin era entrato nella sua vita da poco tempo, ma significava tanto per lei. Mentre le ore passavano, immaginava Aladdin arrivare volando sul suo tappeto magico per salvarla. Ma quando quelle ore si trasformarono in giorni, e quei giorni in settimane, Jasmine iniziò a capire che Aladdin non stava arrivando. Era ancora una volta completamente sola.

Col passare del tempo, Jasmine si domandava anche cosa fosse successo al Visir. Si aspettava di dover pagare un prezzo per aver cercato di attaccarlo. O forse lo stava già facendo. L'isolamento forzato poteva essere stato una tortura lei, anche se era già abituata. Forse era quello che il Visir le stava facendo. Forse stava cercando di farla impazzire.

Rifiutò però di abbandonare la speranza. In qualche modo avrebbe vissuto la sua vita in libertà. Rinchiusa nella sua stanza con una guardia posta alla porta, non riusciva a immaginare come né quando. Ma ci stava riuscendo. Una volta che ci fosse riuscita, non avrebbe mai permesso a nessuno di rinchiuderla di nuovo.

Fu con enorme sorpresa che, dopo mesi di isolamento, Jasmine ricevette la sua primissima visita. Come se avesse attraversato la sua porta ogni giorno, il Visir, vestito con l'accappatoio di suo padre, entrò nella sua camera da letto. Agiva come se l'avesse vista solo pochi istanti prima.

"Dopo molta riflessione, ho deciso cosa fare di te, Principessa."

Jasmine fissò il Visir senza riuscire a parlare. A parte i singhiozzi di tristezza, aveva a malapena usato la voce. Era inquietante l'idea di dover parlare di nuovo.

"E che cosa sarebbe?" chiese con morbosa curiosità.

"Ho deciso che, come previsto, sarai la mia sposa. Inizialmente pensavo sarebbe stata tua madre. Ma come Sultana di questa terra, avrò bisogno di figli. Con te, riempirò la mia terra di eredi. Il tuo ruolo sarà quello di tutte le donne del tuo sesso. E, ti farò l'onore di sposarti per non renderli tutti bastardi," disse lui con un sorriso sghembo e brutto.

"Tra tre giorni, ci sarà il nostro matrimonio. Vedo che i tuoi capelli sono ricresciuti. Se li toccherai di nuovo prima del giorno del nostro matrimonio, ti taglierò le mani. Non servono mani per partorire. E, se hai intenzione di resistere a me in qualsiasi modo, sappi che scorticherò tua madre.

"Ora, Principessa, ci vediamo il giorno del nostro matrimonio," disse il Visir, andandosene velocemente da dove era arrivato.

Jasmine fissò scioccata la porta chiusa. In un istante, la sua vita era passata da insostenibile a molto peggio. Era entrata all'inferno. Molto spesso aveva fantasticato sull'idea di gettarsi dal balcone. L'unica cosa che l'aveva trattenuta era la tenue speranza che Aladdin sarebbe arrivato a portarla via. Per ore e ore, aveva pensato alle notti che avevano trascorso insieme. Era stato l'unico periodo della sua vita in cui si era sentita realmente viva. Ma Aladdin se n'era davvero andato. E questa era davvero la sua nuova vita.

Andando a letto quella notte, Jasmine pensò a qualcun altro a cui aveva dedicato molto tempo nei suoi pensieri; pensò al Genio. Prima di incontrare Aladdin, era del Genio che sognava. Ancora non sapeva come fosse finito nei suoi sogni. Era una delle tante cose che Jasmine avrebbe chiesto al Genio se l'avesse mai rivisto.

Ora però, il Genio era solo al servizio del Visir. C'erano tante domande che aveva per lui. E, anche se non poteva fargli quelle domande, avrebbe davvero desiderato vederlo di nuovo.

Con sua sorpresa, quella notte mentre dormiva, lo fece. Fu in sogno che il Genio venne da lei. Era lì davanti a lei a guardarla, senza dire nulla. Guardandolo, si ricordò di quando l'aveva baciato. In quel momento, non ricordava se il bacio fosse stato un sogno o un ricordo. Ma guardando le sue larghe e forti spalle, non le importava. Aveva bisogno che le sue braccia la stringessero. Aveva bisogno di sentirsi al sicuro tra le sue carezze.

Quando si avvicinò a lui, il Genio capì cosa stesse cercando. Si sentiva attratta verso di lui, incapace di resistere. Con le sue grandi braccia avvolte attorno a lei, sentì le sue labbra. Sentendo le loro labbra calde toccarsi, le gambe di Jasmine divennero gelatina.

Alzandola in aria, fluttuarono sopra il letto. Era come se il letto fosse lì e al contempo non ci fosse. E mentre quell'uomo irresistibile passava le dita tra i suoi lunghi, folti capelli, sorreggeva la parte posteriore della sua testa e le infilava la lingua in bocca.

Ogni mossa che quell'uomo affascinante faceva era perfetta. Non voleva che si fermasse. Sembrava che il suo corpo la cingesse come un guanto. Avvolta nel suo abbraccio, non si era mai sentita così protetta. E quando i suoi vestiti si staccarono da lei come un frutto esotico, giacque nuda tra le sue braccia, pronta ad essere consumata.

Rapita come era da quel magico uomo, era sicura che avesse una dozzina di mani. Con la sua mano che ancora cullava il retro della sua testa, un paio di mani accarezzavano i suoi seni. Mentre massaggiava delicatamente le sue rotondità, Jasmine sentiva un altro paio di mani pizzicarle il sedere. Era una sensazione meravigliosa. E, proprio quando Jasmine era certa che nulla potesse essere migliore, sentì un altro paio di mani scivolare lungo la parte interna delle sue gambe e spostarle l'una dall'altra.

"Ah," gemette Jasmine piena di desiderio.

Non dovette attendere molto, perché come una volta aveva fatto Aladdin, l'uomo premette la sua lingua tra le sue gambe. Facendo ciò, trovò il suo clitoride. La sua lingua spingeva lentamente la sua protuberanza avanti e indietro mandandola fuori di sé. Fu solo allora che si rese conto che le sue labbra erano ancora premute contro le sue. Era come se stesse facendo l'amore con cinque persone contemporaneamente. E quando da cinque divennero sei, non aveva più idea di cosa aspettarsi.

Anche mentre la lingua del genio massaggiava il suo clitoride, Jasmine sentì la spessa carne del Genio spingersi tra le sue gambe. La sua estremità arrotondata premeva contro la sua fessura. Avrebbe potuto pensare che tutto ciò che stava accadendo fosse troppo. Non lo era. Quindi, anche mentre volava verso l'apice del piacere, ne desiderava di più.

Quando l'uomo dei suoi sogni si spinse dentro di lei fondendo i loro due corpi in uno, Jasmine strillò. Non si era mai sentita meglio in vita sua. Era come se fosse in un bozzolo. Ed era in quel bozzolo che sentì il suo respiro cambiare.

Doveva prendere respiro profondamente. Onde di calore le attraversavano il corpo. Il suo corpo si scioglieva come miele. E con lui che spingeva e ritirava il suo membro pulsante tra le sue gambe, il suo corpo tremava. Le sue parti più intime erano uno strumento a corda, e pizzicando il suo arco, stava cominciando a cantare.

"Ah!" gemette perdendosi in lui. "Sì," grugnì prendendo tutto quello che poteva prendere.

Con le mani intorno a lei e il membro dentro di
lei quanto più profondamente possibile, Jasmine inspirò
un respiro interminabile, poi esplose. Il suo cervello era
in fiamme. Il corpo di Jasmine scoppiettava e danzava
mentre fuochi d'artificio scoppiavano intorno a lei.

Galleggiando sopra il letto, era ovunque e in
nessun luogo allo stesso tempo. L'unico modo in cui
poteva descriverlo era dire che veniva tirata come
caramella morbida. Le sembrava di cadere attraverso
mille mani soffici. E una volta che si avvicinò al fondo,
un'ondata di puro piacere la sopraffece e la attrasse di
nuovo.

Quando finalmente il sogno terminò, Jasmine si
sentiva esausta. Era sicura che ci fossero formiche che
strisciavano ovunque sotto la sua pelle. Aveva bisogno di
essere stretta a qualcuno. E con sua sorpresa, la persona
che più di tutte avrebbe voluto che la stringesse era
Aladdin. Ancora in sogno, non riusciva a capire la
sequenza. Ma, svegliandosi prima dell'alba, tutto quello
a cui poteva pensare erano le possibili sorti dell'unico
ragazzo che avesse mai amato.

Cosa era capitato ad Aladdin? Perché non era
andato a salvarla?

Non lo sapeva, ma stava per scoprirlo.

Capitolo 13

Aladdin

Aladdin raccolse tutto ciò che aveva di valore e lasciò la stanza in affitto per l'ultima volta. Percepiva il Genio nella sua mente, ma quando era distratto non poteva parlargli. Soltanto quando smetteva di camminare e si rilassava, il Genio tornava.

"Aladdin, forse dovresti comprare un cammello", suggerì il Genio mentre Aladdin osservava i cavalli in vendita.

"I cammelli sono lenti. Devo raggiungere Jasmine in fretta. Ho promesso di tenerla al sicuro. Non posso farlo se non sono con lei", rispose Aladdin al Genio prima di acquistare un robusto stallone con la maggior parte del suo oro.

Aladdin entrò nel deserto cinese galoppando a tutta velocità. Quello che apprese rapidamente fu che non solo il cavallo non riusciva a mantenere quel ritmo, ma nemmeno lui. Il clima era caldo e galoppare era stancante.

Rallentando, Aladdin si concentrò sul suo anello per decidere dove andare dopo. C'era qualcosa in ciò che vedeva che gli diceva che il palazzo si allontanava sempre di più. Quanto lontano poteva andare, si chiedeva?

Cavalcando finché poteva, Aladdin riposò quando era necessario. Il suo cavallo schiumava dalla bocca per l'esaurimento. Considerò se avesse commesso un errore scegliendolo per le condizioni del deserto. Decise di non aver sbagliato. Aveva solo bisogno di più riposo. Bevendo un po' della sua acqua e dandone un po' di più al suo cavallo, risalì sul suo compagno e cavalcò ancora.

Quando calò l'oscurità, l'aria fresca fu un sollievo gradito. Non c'erano alberi né stagni vicino ai quali accamparsi. Così, stendendo la coperta sulla sabbia ancora calda, si girò e pensò al Genio.

"Dove si trova?" chiese Aladdin al suo amico quando riapparve nella sua mente.

"Il Visir l'ha portata molto lontano", gli disse tristemente il Genio.

"Quanto tempo ci vorrà per arrivarci?"

Il Genio non rispose.

"Genio?"

"Forse dovresti tornare indietro."

"Cosa? No, Genio. Ho promesso di proteggerla per sempre."

"Ma, non sapevi cosa avrebbe comportato quella promessa quando l'hai fatta."

"Cosa mi costerà?" chiese Aladdin in modo vulnerabile.

"Sono molto lontani", rispose il Genio.

"Ma, posso arrivarci, giusto? Voglio dire, c'è almeno una possibilità, vero?"

"C'è sempre una possibilità", gli disse il Genio.

"Allora, è tutto ciò di cui ho bisogno. Una possibilità."

Aladdin scelse di non parlare con il Genio per il resto della notte. Pensò, invece, a quello che avrebbe fatto una volta arrivato al palazzo. Avrebbe dovuto sorprendere il Visir e ucciderlo. Non c'erano altre opzioni.

Aladdin non era mai stato in un vero combattimento prima. Aveva sempre avuto la capacità di parlare per uscire da situazioni spinose. Ma, se non avesse messo fine a tutto questo con il Visir, il Visir non avrebbe perso di vista la lampada per sempre?

Pensando a tutto questo fino a quando non si addormentò, Aladdin si svegliò prima dell'alba pronto a cavalcare di nuovo. Guardando il suo anello, scoprì che il Palazzo aveva smesso di muoversi. Il Genio aveva ragione. Il palazzo era lontanissimo. Ma non avrebbe mai rinunciato fino a quando non avesse ritrovato Jasmine. Jasmine era la donna con cui era destinato a stare. Non avrebbe smesso finché non fosse stato con lei.

Camminando lentamente con il suo cavallo, sotto il caldo sole del deserto, Aladdin non si permise di pensare troppo al Genio. Il Genio voleva che lui rinunciasse. Non lo avrebbe fatto. Avrebbe dimostrato a se stesso e a tutti gli altri che il suo amore per Jasmine era reale.

Cavalcando finché poteva, Aladdin si fermò quando doveva. Dividendosi l'acqua con il suo cavallo, stava finendo veloce. Sia lui che il cavallo erano esausti, tuttavia Aladdin continuò a spingere. Andando il più lontano possibile durante il giorno, tentava di riposare quanto più poteva durante la notte.

Al quinto giorno, Aladdin terminò l'acqua. Il crudele deserto sembrava infinito. Il calore aveva disidratato le sue labbra e ustionato la sua pelle e il cavallo stava ancora peggio. Aladdin guardò il suo cavallo con il cuore spezzato per ciò che gli aveva fatto.

"Mi dispiace, ragazzo", disse Aladdin accarezzandogli il viso. "Mi dispiace tanto."

Il giorno successivo, i due ripresero il loro viaggio. Aladdin non aveva ancora parlato con il Genio. Ricordò che il Genio l'aveva messo in guardia sull'acquisto di un cavallo, ma non lo aveva ascoltato. Non voleva dover ammettere quanto il Genio avesse ragione. Se avesse ammesso che il Genio aveva ragione su questo, forse avrebbe dovuto ammettere che non avrebbe dovuto intraprendere quel viaggio per nulla.

Aladdin non voleva dover pensare a questo. Doveva salvare Jasmine. Aveva promesso che l'avrebbe fatto e quello era ciò che avrebbe fatto.

Aladdin e il suo compagno riuscirono a trascorrere altri due giorni senz'acqua. Dopo, il cavallo di Aladdin si fermò semplicemente e si distese. Aladdin aveva iniziato a pensare al suo compagno come a qualcosa di più che un semplice cavallo. Lo considerava un amico leale. Per questo le lacrime gli rotolarono sulle guance vedendolo cadere. Sapeva esattamente cosa significava.

Cosa aveva fatto Aladdin? Forse doveva distendersi accanto ad esso e lasciare che l'arsura del deserto li prendesse entrambi. Non avrebbe mai raggiunto Jasmine. Non importava quanto tempo passasse camminando, il palazzo non sembrava mai avvicinarsi. Quello era stato un viaggio da folli.

Se solo avesse avuto ancora il tappeto magico. Avrebbe attraversato quella distanza in un istante. Se non fosse stato così affrettato a scappare, forse il tappeto sarebbe tornato. Ma ora non l'avrebbe mai saputo. Poteva ancora essere a dieci giorni di viaggio dall'acqua. Era senza speranze. Ed è in quel momento che Aladdin decise di chiudere gli occhi e addormentarsi.

"Aladdin, non mi puoi abbandonare," disse una voce familiare entrando nei suoi sogni. "Devi alzarti. Non sei lontano ora, Aladdin. Se riesci a continuare ancora un po', troverai l'acqua."

"Avevi ragione, Genio. Non avrei dovuto venire."

"Ma lo hai fatto. E questo è ciò che amo di te, Aladdin. Eri disposto a mettere in gioco la tua vita per qualcuno a cui tieni. Dopo 10.000 anni, sei ancora un uomo migliore di me."

"Non so se è vero, Genio. Potrei avere fatto tutto questo per i motivi sbagliati."

"Tieni a Jasmine?"

"Certo che mi importa di lei."

"Quando te ne sei andato, sapevi che salvarla poteva essere pericoloso?"

"Credo di sì."

"Ma lo hai fatto comunque?"

"Sì," ammise Aladdin.

"Non potremmo mai sapere quanto la vita sia sicura o pericolosa prima di viverla. Tutto ciò che possiamo fare è capire cosa è importante per noi e sperare che ottenerlo non ci uccida. Sei un uomo buono per aver fatto questo, Aladdin. Non sottovalutarti."

Aladdin si concesse di guardare il Genio per la prima volta. Era davvero l'uomo più attraente che Aladdin avesse mai visto. Ancora di più, lui amava il Genio. Guardando il modo in cui i suoi muscoli ondeggiavano, Aladdin si chiese se considerasse il Genio solo come un amico.

"Grazie, Genio," disse Aladdin.

"Lo penso davvero, Aladdin. Ma, se vuoi davvero ringraziarmi, c'è qualcosa che puoi fare," gli disse Genio.

"Che cosa?"

"Alzati," disse il Genio prima di sparire.

Nell'oscurità, Aladdin prese in considerazione la richiesta di Genio. Alzarsi lo avrebbe obbligato ad ammettere che aveva commesso errori e uno di quegli errori aveva causato la morte di una creatura. Avrebbe anche richiesto di accettare che il suo tentativo di salvare Jasmine non fosse solo a causa di una promessa che aveva fatto, era perché la amava davvero.

'Perché ammettere il mio amore per lei dovrebbe essere un problema?' si chiese. Dopotutto, aveva dichiarato il suo amore per lei molte volte.

Aladdin ci pensò. Ciò che gli venne in mente fu qualcosa che lo aveva tormentato per molto tempo. Era la paura che gli impediva di considerare seriamente di passare la sua vita con una ragazza.

Sì, gli piacevano i ragazzi. Gli piaceva il loro aspetto. Gli piaceva il loro comportamento. E, si sentiva in compagnia con loro. Ma gli piacevano anche molte delle stesse cose nelle ragazze. Ma ciò che lo aveva trattenuto dal cercare di amare una ragazza come faceva con i ragazzi era la sua paura che il suo amore per le ragazze potesse non essere sufficiente.

La persona con cui scegli di stare dovrebbe essere in grado di soddisfare tutti i tuoi desideri? Se non era possibile soddisfare ogni bisogno, era giusto stare insieme? Si poteva parlare di amore? Quindi, per quanto Aladdin fosse attratto da Jasmine, per quanto gli piacesse stare con Jasmine, la amava veramente se poteva esserci un ragazzo che un giorno avrebbe potuto amare di più?

Alzandosi dalla sabbia calda del deserto avrebbe sconvolto la sua comprensione dell'amore. Se Aladdin si fosse alzato, avrebbe senza dubbio continuato la sua missione per salvare Jasmine. Lo avrebbe fatto sapendo che avrebbe potuto sacrificare la sua vita per lei. Questo era ciò che il Genio aveva descritto come amore. Ma, come poteva veramente amare Jasmine finché poteva potenzialmente amare qualcun altro di più?

Aladdin ci pensò. Niente aveva senso finché non gli venne un'idea.

'Forse è possibile perché l'amore non deve essere esclusivo,' Aladdin considerò finalmente. 'Forse amare una persona non esclude la possibilità di amarne un'altra.'

Forse era impossibile che una persona potesse soddisfare ogni bisogno dell'altra, e i sentimenti che si provano non sono un tradimento. Forse quei sentimenti che si possono provare per altri non rendono il tuo amore per il tuo partner meno vero né meritevole di essere perseguito.

Era molto da accettare. Metteva molto in gioco sulla sua decisione di alzarsi o meno. Ma, nonostante la complessità di tutto ciò, quando Aladdin aprì gli occhi, sapeva di averlo accettato. Il suo amore per Jasmine era genuino e sufficiente. Non importava come si sentisse riguardo ai ragazzi, la amava con tutto il cuore.

Rivolgendosi all'amico disteso accanto a lui, poteva dire che ora era solo nel deserto. Il suo amico se n'era andato. Non avrebbe mai dimenticato il breve periodo che aveva passato con lui. E, avrebbe reso il viaggio nel quale era morto degno del prezzo che doveva pagare.

Non avrebbe rinunciato a salvare di nuovo Jasmine. Fosse quel che fosse, avrebbe continuato. Ciò includeva allontanarsi dal cavallo che giaceva accanto a lui. E significava fare un passo e poi un altro anche quando pensava di non poterlo fare.

"Aiuto!" disse Aladdin quando una carovana comparve in lontananza. "Aiuto," disse mentre le sue labbra screpolate faticavano a formare la parola.

Non servì a nulla. Non lo sentivano. Doveva raggiungerli o attirare la loro attenzione.

"Ehi!" disse Aladdin prima di cercare di correre.

Aladdin era esausto. Trascinando i suoi piedi nella sabbia, concentrò tutto ciò che aveva sulla carovana.

"Ehi! Aiutatemi!" gridò mentre le sue labbra si rompevano sotto il calore.

La carovana non si muoveva molto velocemente, ma era comunque troppo veloce per lui. Aladdin riusciva a malapena a muoversi. Tanto velocemente come era apparsa, la carovana sembrò scomparire. Lui, però, non poteva smettere di muoversi. Doveva continuare a inseguirla. Aladdin diede tutto ciò che aveva all'inseguimento fino a quando i suoi piedi gli scivolarono da sotto e cadde sulla sabbia calda che gli stava bruciando la pelle.

Questo era tutto. Aveva dato tutto quello che aveva. Ora tutto quello che rimaneva era per Aladdin chiudere gli occhi e lasciare che tutto finisse.

"Sei vivo?" Aladdin sentì finalmente qualcuno chiedere.

Aladdin forzò gli occhi ad aprirsi. C'era qualcuno in piedi sopra di lui che oscurava parzialmente il sole.

"È vivo," disse la persona guardandosi dietro.

Questo era tutto ciò che Aladdin aveva sentito. Dopo di che, Aladdin chiuse gli occhi e svenne.

Sentendo il rumore dei cammelli in lontananza, Aladdin si agitò chiedendosi dove fosse.

"Sei sveglio," disse una voce maschile accanto a lui.

Aladdin aprì di nuovo gli occhi. Non era più all'aperto. Poteva vedere fuori, ma era sotto una tenda. Era una tenda che si muoveva.

Aladdin aprì la bocca per parlare.

"Riposati. Non so quanto tempo sei stato fuori, ma sembra che ti abbiamo trovato giusto in tempo. È strano, sai. Stavo facendo un pisolino. Non dormo mai di giorno. E nel mio sogno, un uomo mi ha detto che dovevo svegliarmi e cercare un uomo disteso sulla sabbia a sud. Mi sveglio, guardo a sud e lì c'eri tu.

"Puoi immaginare? Devi essere l'uomo più fortunato che sia mai vissuto," disse l'uomo di mezza età con una risata.

Aladdin ascoltò il suo salvatore sapendo che era fortunato. Era fortunato ad avere un amico come il Genio. Lui l'aveva fatto alzare e poi aveva fatto in modo che qualcuno lo trovasse. Doveva la sua vita al Genio. Non lo avrebbe mai dimenticato. Aladdin si unì all'uomo nel suo convoglio coperto per i successivi due giorni. Una volta che Aladdin fu in grado di parlare, si divertì a parlare con lui. L'uomo di mezza età era un mercante. Il suo convoglio era pieno di merci. Due volte all'anno faceva il lungo viaggio attraverso il deserto cinese. E quello era il terzo viaggio di quell'anno.

Lieto di aver compagnia, il compagno di viaggio di Aladdin intrattenne Aladdin con le storie. La maggior parte erano piene di creature magiche e sicuramente inventate. Ma alcune colpirono Aladdin e avrebbero potuto essere vere. Aladdin era in procinto di lasciare il racconto al suo ospite loquace fino a quando pensò al modo perfetto per ripagare la sua ospitalità.

"Hai mai sentito la storia della lampada?" Aladdin chiese all'uomo che gli aveva salvato la vita.

"La lampada? No. Non credo di averla mai sentita. Per favore, raccontami."

"C'era una volta un uomo che possedeva un anello, molto simile a questo," disse Aladdin mostrando il suo anello genio. "E sapeva che l'anello lo avrebbe portato a una lampada magica."

Mentre Aladdin condivideva il suo pericoloso viaggio, l'uomo ascoltava ogni sua parola. Dalla grotta dei tesori al tappeto magico, non tralasciò nulla. Poi finalmente quando arrivò al suo viaggio attraverso il deserto per salvare la principessa, si fermò.

"Cosa è successo dopo?" chiese l'uomo

"Dipende," Aladdin gli disse con un sorriso ancora brillante.

"Da cosa?"

"Da dove mi lascerai."

L'uomo guardò Aladdin sbalordito. Aladdin era sicuro che il suo amico gli avesse creduto fino a quando l'uomo panciuto non esplose in una gran risata.

"Che storia meravigliosa. Sei un grande narratore. Dovresti pensare di unirti a me nei miei viaggi. Sai, metà del commercio è raccontare la storia che sta dietro alle tue merci."

"Mi piacerebbe unirmi al tuo viaggio, ma ho già un viaggio tutto mio."

"Per trovare la Principessa, giusto?" chiese con un sorriso.

"Hai capito."

"Bene. Bene. Hai vinto. Ma ho una lampada che ho acquisito da una dolce vecchia signora vicino al mare.

Penso di aver trovato la vera storia d'origine della lampada," disse facendo l'occhiolino.

"Sono sicuro che sia così. La venderai in un batter d'occhio," disse Aladdin sicuro che il suo debito fosse saldato completamente.

Arrivato nella città attraverso il deserto, Aladdin lasciò il suo nuovo amico e continuò con la sua avventura. Questa volta era un po' più riflessivo nel suo modo di viaggiare. Davanti a lui c'erano le montagne. Per questo, si unì ad un altro convoglio e si comprò un cammello.

Il suo viaggio in avanti fu lento ma costante a quel punto. Man mano che i giorni si trasformavano in settimane e poi in mesi, Aladdin si chiedeva se Jasmine pensasse ancora a lui. Di notte, nei suoi sogni, lo chiedeva al Genio.

"Jasmine pensa ancora a te e aspetta che tu la salvi," lo rassicurava il Genio.

"È ancora al sicuro?"

"È al sicuro per ora."

"E tu? Sei ancora al sicuro?"

"Non posso essere danneggiato, amico mio," gli disse il Genio.

"Forse non il tuo corpo, Genio," Aladdin chiese guardandolo con simpatia.

"Non mi piace servirlo, Aladdin. Cerco di passare il minor tempo possibile in quel corpo. È troppo difficile vedere ciò che mi sta facendo fare."

"Arrivo, Genio," Aladdin lo rassicurò. "Salverò sia te che Jasmine."

"Grazie, amico mio," il Genio gli disse con umiltà.

"Certo. Qualunque cosa per te, Genio," Aladdin gli rispose trovando conforto negli occhi pieni d'anima del Genio.

Fu allora, in sogno, che Aladdin si sedette accanto al Genio. Sembrava timido. Aladdin sapeva che l'uomo accanto a lui non era tutto il suo amico, ma gli piaceva la parte che aveva. Quella parte era vulnerabile ma forte. Quel Genio era qualcuno a cui poteva tornare. Poteva immaginarsi cadere tra le sue braccia e rimanere semplicemente rilassato insieme a lui.

Pensandoci su, era ciò che Aladdin fece. Con il suo amico che sembrava più umano che mai, appoggiò la sua spalla a quella del Genio e aspettò di vedere come avrebbe reagito.

Toccare il Genio lo intimidì. Spalla a spalla con l'uomo che era diventato tutto il mondo per lui, Aladdin non sapeva cosa fare dopo. Fortunatamente il Genio lo salvò mettendo il braccio attorno a lui. Sentendo il calore delle braccia del Genio, Aladdin volle andare oltre. Avvicinandosi al torace del Genio, Aladdin pensò solo di appoggiare la testa sul mare di muscoli del suo amico quando improvvisamente fece qualcosa che nemmeno lui si aspettava. Come se fosse stata sua intenzione da sempre, Aladdin ruotò rapidamente la testa e baciò il suo amico.

Quando le loro labbra si toccarono, il corpo di Aladdin si rilassò. Era come se tutta la sua vita fosse stata un viaggio fino a quel punto. Tutto sembrava giusto. Amava il Genio, e non solo come amico. Era innamorato del Genio e desiderava essere ricambiato. Il Genio era l'uomo più bello che Aladdin avesse mai incontrato, dentro e fuori. E Aladdin desiderava stare con lui in un modo in cui non era mai stato prima con un altro uomo.

"Genio," disse Aladdin tra i baci. "Voglio che tu mi prenda. Voglio che tu mi possieda. Capisci quello che sto dicendo?"

Il Genio non aveva bisogno che Aladdin dicesse un'altra parola. Come se fosse di nuovo se stesso, il Genio avvolse la sua grande mano attorno alla nuca di Aladdin e si allontanò da lui. Aladdin fissò negli occhi improvvisamente gelidi del Genio, chiedendosi se avesse rovinato tutto. Quando il Genio afferrò il volto di Aladdin e unì le loro labbra, Aladdin capì che il Genio stava esaudendo il suo desiderio.

Baciandolo intensamente, il Genio posò la mano sul fondoschiena di Aladdin. Mentre lo accarezzava, il Genio lo abbassò. Ancora baciandolo, gli sfilò la camicia. Con il petto scoperto, il Genio scese rapidamente baciando il corpo di Aladdin. Mentre lo faceva, prese il fallo di Aladdin, ancora vestito, nella sua mano.

Sentendo la forte mano del Genio attorno al suo sesso eretto, Aladdin lanciò la testa all'indietro e gemette. Aveva desiderato quella cosa da tanto tempo. Dal momento in cui Aladdin lo aveva visto, aveva capito che il Genio era tutto ciò che cercava in un uomo. Bello e forte, il Genio era il suo protettore. Così, quando sfilò i pantaloni ad Aladdin e prese il suo membro in bocca, Aladdin non poté far altro che afferrare il letto invisibile per sostenersi.

Aladdin aveva sentito molte labbra avvolgere il suo sesso. Ma nessuna lo aveva mai fatto sentire così bene. Aladdin non aveva un membro piccolo e il Genio lo accoglieva tutto. Mentre la circonferenza della sua cappella percorreva la gola del Genio, il corpo di Aladdin fremeva di piacere. Il Genio lo consumava come se la sua bocca fosse stata creata per lui. E, stringendo i testicoli di Aladdin mentre la sua lingua girava intorno all'uccello di Aladdin, Aladdin rimase senza fiato e fu sul punto di esplodere.

Fu allora che il Genio lasciò andare i testicoli di Aladdin e lasciò andare il suo sesso. In un unico movimento, il Genio afferrò le gambe di Aladdin e lo fece rotolare sulla schiena. Il Genio piegò il suo corpo come se non fosse niente. E poggiando il retro delle gambe di Aladdin sul suo petto, il Genio si liberò dei suoi pantaloni, liberando il suo membro ormai di dimensioni enormi.

Aladdin guardò in basso e lo vide. L'organo del Genio era il più grande che avesse mai visto. La sua vista lo eccitava e lo spaventava al contempo. Ma il Genio, impassibile e irremovibile, prese il suo uccello enorme e lo appoggiò la punta sull'apertura stretta di Aladdin.

Aladdin guardò negli occhi il Genio senza poter fare nulla. Aladdin non era mai stato posseduto prima da un uomo. Non sapeva cosa aspettarsi. Quando sentì la pressione che lo stava allargando, si contorse. Il Genio non gli avrebbe permesso di fuggire. Con la sua mano libera sulla spalla di Aladdin, lo tenne fermo.

Il gigantesco membro del Genio entrò in Aladdin come se stesse tornando dove era destinato a essere. La testa di Aladdin si lanciò indietro e la sua bocca si spalancò nel sentire tutto ciò. Faceva male ad Aladdin, ma nel miglior modo possibile. Le gambe in aria di Aladdin. E quando Genie toccò la fine dell'interno di Aladdin e si ritirò per penetrarlo di nuovo, Aladdin girò la testa da un lato all'altro. Era troppo, ma era esattamente quello che Aladdin voleva.

Mentre il Genio lo penetrava sempre più intensamente, il dolore iniziò a diminuire. Abbassando il mento, incontrò di nuovo gli occhi del Genio: erano di acciaio. Solo guardandolo, sentì di amarlo ancora di più. Ma non sarebbe durato a lungo perché appena Aladdin si avvicinò nuovamente al culmine, il Genio ritirò il suo sesso, capovolse il ragazzo sulle sue ginocchia e reintrodusse il suo membro nell'apertura di Aladdin.

Aladdin non si sarebbe mai aspettato una cosa del genere, ma era incredibile. Quando aveva preso gli altri suoi ragazzi, aveva agito come un ragazzo. Il Genio lo stava penetrando come un uomo. Quando Aladdin si voltò, il Genio si stese e spinse la testa di Aladdin giù nel letto invisibile, le sue azioni erano implacabili.

Finalmente, quando Aladdin non poté più sopportare, quando la sua mente iniziò a turbinare come sabbia al vento, Aladdin scatenò un'esplosione potente che avrebbe potuto sommergerli entrambi. Aladdin non ebbe nemmeno bisogno di toccarsi. Non pensava che una cosa del genere fosse possibile, eppure eccola. Non era mai stato così completo come con il membro del Genio dentro di lui. E, sudato e senza fiato nel suo sogno, Aladdin si svegliò.

In quel piccolo carro, Aladdin si svegliò con gli occhi del gruppo fissi su di lui. Poteva solo immaginare il perché. Non gli importava, però. Sia che fosse vero oppure no, era stato per la prima volta con l'uomo che amava. Quello valeva ogni imbarazzo del mondo.

Quando Aladdin si addormentò la notte successiva, ritrovò il Genio nudo che lo aspettava nei suoi sogni. Il sesso che ebbero quella notte fu potente come lo era stato la prima notte. E ogni notte seguente fu simile all'ultima.

Per quanto forti fossero i suoi sentimenti per il Genio non dimenticò mai Jasmine. Dopo mesi di viaggio, e mentre i due giacevano insieme dopo essersi amati, Aladdin chiese dell'altro suo amore come aveva sempre fatto.

"Come sta? Oggi è stata una buona giornata per lei?" chiese Aladdin, immaginandone i delicati lineamenti.

"Oggi non è stata una buona giornata," gli disse il Genio.

Aladdin si voltò, allontanandosi dalle sue braccia. "Non lo è stata? Cosa è successo?"

"Visir ha preso una decisione. Riguarda ciò che farà con lei."

"Cosa farà?" chiese Aladdin, preoccupato.

"Sposarla e farle mettere al mondo dei figli."

"Lei lo sa?"

"Non ancora. Visir ha in programma di dirglielo domani."

"Genio, cosa possiamo fare?" chiese Aladdin disperatamente.

"Non c'è nulla che io possa fare. Lui è il mio padrone," disse il Genio con dolore nella voce.

"Non è colpa tua, Genio," disse Aladdin, cercando di confortare il suo amore. "Ma, deve esserci qualcosa che possiamo fare."

Il Genio guardò altrove, pensieroso.

"Cosa c'è, Genio?"

"Ti ho detto che prima di essere rinchiuso nella caverna, ho diviso una parte di me e l'ho messa nel tuo anello."

"Sì."

"E, ti ho detto che quando Visir è diventato il mio padrone, ho messo la parte che non riusciva a guardarla nel tuo anello."

"Mi ricordo che me l'hai detto."

"Bene, quando le mie due parti si sono unite, ho ricordato cose che la mia piccola parte aveva fatto."

"E quindi?"

"Ora so perché Jasmine mi sembrava familiare. Quella piccola parte di me le è apparsa in sogno. All'inizio le ha parlato di un passaggio segreto fuori dal palazzo. Ma dopo ha fatto altro."

"Altro? Ad esempio?"

"L'ha aiutata a fuggire dal palazzo per trovarti. E poi, siamo stati insieme," disse il Genio, non volendo dire altro.

"Con Jasmine?" disse Aladdin, considerando cosa significassero quelle parole.

"Sì. Non riesco a spiegarlo. So che lei ti ama. Lo sentivo anche allora. Mi dispiace, Aladdin. Quando quella parte di me l'ha incontrata, non avevo ancora incontrato te. Ma, erano insieme di nuovo. E' stata la notte prima che lei fosse con te," disse il Genio, vergognandosi.

Aladdin guardò il Genio, contento. "Va bene, Genio. Se vuoi che ti perdoni, lo faccio. Ma, non c'è bisogno. Sono felice che tu sia stato con lei. In questo modo siamo tutti connessi."

Aladdin si voltò e si spinse di nuovo tra le braccia del Genio.

"Quando eravate insieme, è stato bello? Voglio dire, era come quando siamo insieme noi?" chiese Aladdin, insicuro.

"Ti amo, Aladdin."

"E, ti amo anche io. Ma, ti è piaciuto? Le è piaciuto?"

"Credo di sì," rispose il Genio.

"Ti è piaciuto abbastanza da volerlo rifare?"

"Cosa intendi?"

"Non posso essere lì per lei adesso. Ma, tu puoi, vero? Puoi apparire nei suoi sogni come fai nei miei, vero?"

"Tu stai indossando l'anello, quindi non sarebbe proprio la stessa cosa. Ma sì, posso apparirle in un sogno."

"Allora fallo. Falle provare le emozioni più intense che abbia mai provato nella vita. Rendila felice. Falle tutto quello che vorrei poterle fare io. Lo faresti per me, Genio?"

"Come desideri, Aladdin," disse il Genio abbracciando stretto il suo amante.

"Grazie, Genio."

"C'è forse un'altra cosa che posso fare," disse il Genio, accoccolato contro il corpo nudo di Aladdin.

"Che cosa?"

Il Genio esitò. "Non sono sicuro di riuscirci ancora, quindi preferirei non dirlo. Ma, ci proverò," disse il Genio al suo amico.

"So che ci riuscirai, Genio. E, grazie."

Per quanto Aladdin fosse calmo con il Genio che lo teneva stretto nei suoi sogni, quando si svegliò, i suoi sentimenti erano molto diversi.

"Jasmine!" disse svegliandosi di soprassalto. "Devo salvare Jasmine."

"Chi è Jasmine?" chiese uno dei suoi compagni di viaggio.

"È una principessa. Sono mesi che viaggio per raggiungerla. Devo andare da lei subito."

"Ebbene, dove si trova?" chiese il compagno, preoccupato.

Aladdin guardò il suo anello. Ciò che vide gli spezzò il cuore. "No. No. No. È ancora lontana. Molto lontana. Forse un mese di viaggio a questo ritmo."

"Allora, cosa puoi fare? Possiamo andare solo quanto va veloce la carovana."

Aladdin guardò il suo compagno sapendo che aveva ragione, ma rifiutandosi di accettarlo. Senza dire una parola, cominciò a raccogliere le sue cose.

"Cosa stai facendo?"

Aladdin non alzò lo sguardo. "Non posso stare qui a non fare nulla."

"Dove stai andando?"

"A salvare Jasmine."

"Stai lasciando la carovana? Siamo tra le montagne. Tutti sanno che nessuno può sopravvivere a questo passo da solo. La carovana è vita. Andare da soli è morte," disse l'amico di Aladdin, preoccupato.

Quelle parole fecero fermare Aladdin. Ricordò l'ultima volta che se ne era andato da solo. Aveva ucciso il suo cavallo e quasi era morto lui stesso. Il suo amico diceva la verità.

Allo stesso tempo, non poteva stare lì a non fare nulla mentre Jasmine subiva un destino peggiore della morte.

"Me ne vado," disse Aladdin all'uomo con cui aveva passato le ultime due settimane.

"Che Allah ti protegga," disse l'uomo, salutando Aladdin.

Con le sue poche cose e la sua parte di cibo e acqua, Aladdin lasciò la carovana, partendo da solo. Sapeva che c'era un modo per ridurre il tempo del suo viaggio. C'era un sentiero ben tracciato che le carovane seguivano oltre la montagna. Una volta dall'altra parte della catena montuosa, la strada tortuosa avrebbe impiegato una settimana a scendere. Ma, se fosse sceso dritto a piedi, avrebbe potuto fare lo stesso viaggio in un giorno. Due al massimo.

Aladdin corse avanti sulla strada cercando un buon punto da cui iniziare la sua discesa. Il punto di partenza divenne evidente. C'era un punto in cui le rocce aguzze della montagna sporgevano dalla strada come scale spezzate. Da lì sarebbe iniziato il suo viaggio.

Il cuore di Aladdin batteva forte vedendo il percorso davanti a lui. Lasciando la strada e allungando la mano per la prima presa, Aladdin poteva sentire il battito del suo cuore nelle orecchie. Gli faceva sudare le mani. Sapeva che non era un buon segno. Con uno scivolone, non c'era dubbio che sarebbe caduto a morte.

Con lo zaino appeso alle spalle, Aladdin si abbassò e afferrò la prima roccia. Mentre si stava lentamente abbassando, il terreno s' sgretolò sotto di lui. Le pietre si sbriciolarono e rimbalzarono sulle rocce durante la discesa. Aladdin le osservò cadere. Il suo cuore si mise a battere all'impazzata. Ma, pensando solo a Jasmine, intraprese un viaggio che si sarebbe rivelato molto più lungo di quanto immaginasse.

Nei primi momenti della sua discesa, Aladdin si rese conto di quanto fosse estenuante. Ad ogni passo, ogni muscolo del suo corpo si tendeva. Era stanco morto. Eppure, cosciente di ciò che sarebbe successo a Jasmine, continuò ad andare avanti.

Il mattino si trasformò in pomeriggio e poi in sera, eppure Aladdin continuava. Non si fermò finché la luna non fu l'unico baluardo di luce che aveva. Più debole che mai, crollò addormentato. Non lo notò durante i suoi sogni ma, quando si svegliò, si rese conto che il Genio non c'era. Lo aveva pregato di stare con Jasmine. Era per questo che non era andato da lui, si chiese?

Nonostante il dolore da cui era travolto, appena spuntò il giorno, Aladdin era di nuovo sulle rocce e impegnato con fatica. Non gli rimaneva molto da fare. Aveva già scalato il 75% della montagna il giorno precedente. Era sicuro che avrebbe terminato il resto entro il mezzogiorno.

Ciò che Aladdin non aveva preso in considerazione, però, era quanto fosse difficile l'ultimo tratto della montagna. Ad un chilometro dalla fine, la discesa inclinata si trasformò in precipizio. In piedi sul bordo del primo, Aladdin guardò giù. Riusciva a scorgere il terreno, ma non riusciva a distinguere i dettagli degli alberi. Si era inoltrato in un vicolo cieco. Questo non poteva essere l'unico percorso in discesa. Doveva essere solo ciò che c'era alla fine del sentiero da lui scelto. Se fosse stato in grado di risalire e attraversare la montagna, era sicuro che avrebbe trovato un percorso meno pericoloso.

Guardando accanto a sé, però, il bordo su cui si trovava sparì dentro la parete di roccia. Guardando in alto vide che la salita era altrettanto pericolosa quanto la discesa. "Come scendo da qui ora?" si chiese, desiderando davvero di non essere solo.

"Genio?" chiamò.

Sperava oltre ogni speranza che in qualche modo il suo amico apparisse. Ma non lo fece. Provò persino a chiudere gli occhi per un secondo. Ma, non appena lo fece, gli parve che il mondo stesse traballando e stava perdendo l'equilibrio.

Con il vento che minacciava anche di sbilanciarlo, decise che, riuscisse o fallisse, avrebbe dovuto fare tutto da solo. Pensando a Jasmine per l'ultima volta, Aladdin si lasciò scivolare permettendo ai piedi di penzolare sul bordo. Il vento era intenso. Molto più di quanto avesse considerato.

Tuttavia, avrebbe permesso a tutto ciò di fermarlo? No, non lo avrebbe fatto. Non poteva. Doveva salvare Jasmine. Non c'era niente che l'avrebbe fermato.

Disteso sulla pancia, Aladdin riusciva appena a concentrarsi sul ritmo dei battiti del suo cuore, forti come un tamburo. I suoi piedi penzolavano sotto di lui. Non riusciva a trovare un appoggio. Non c'era modo di posarli.

Risaliva o si abbassava ancora di più? Spingendo ancora più avanti il suo stomaco oltre l'orlo del precipizio trovò la risposta. Disperatamente, agitò i piedi alla ricerca di qualcosa. Qualunque cosa. Se avesse potuto trovare anche una sola crepa nelle rocce sarebbe stato a posto. Non c'era niente.

Scendeva ancora più in basso o risaliva? Questa volta ci fu bisogno di un po' più di riflessione. Se fosse sceso ancora di più, era sicuro che sarebbe stato un viaggio senza ritorno. Ora o mai più. E così, facendo scivolare ancora di più il suo petto oltre l'orlo del precipizio, Aladdin allungò i piedi cercando per l'ultima volta qualche cosa per salvarsi la vita.

Non c'era niente. La parete rocciosa era liscia. Se avesse potuto, si sarebbe tirato su. Ma questo non era più possibile. Ad ogni momento che passava, la sua presa in cima diventava più debole. Avrebbe dovuto restare con la carovana, si rese conto. E proprio mentre dava un ultimo pensiero al suo amico, il Genio, le sue mani scivolarono dalla cima della scogliera e Aladdin precipitò verso le rocce sottostanti.

In quel momento, Aladdin pensò solo ad una cosa. Non ai momenti intimi trascorsi con ognuna delle sue due persone amate, ma al rimpianto che provava per non essere riuscito a salvare Jasmine dal suo destino. Se avesse avuto un ultimo desiderio, lo avrebbe usato per questo. E, mentre il vento fischiava attorno a lui e l'implacabile terra si avvicinava a lui, Aladdin ebbe giusto il tempo di chiudere gli occhi e pregare.

Aladdin cadde a terra con un colpo. Non fu una caduta molto violenta e non gli tolse nemmeno il respiro. In effetti, sembrava che il terreno si fosse modificato per attutire il suo impatto. Cosa stava succedendo? Era morto?

Aladdin aprì gli occhi e vide la montagna sfrecciare accanto a lui.

"Cosa?" chiese Aladdin confuso.

Ben presto ottenne la risposta. Ciò su cui era disteso era morbido e pieno di vari colori. Era un tappeto. Nello specifico, era il suo tappeto. Questo doveva essere ciò a cui il Genio si riferiva quando disse che stava cercando di fare qualcosa per poterlo aiutare. Lo aveva fatto. Aveva trovato il tappeto e l'aveva guidato verso di lui in tempo per salvarlo.

Come? Aladdin non lo sapeva. Ma sapeva che da quel momento tutto sarebbe stato diverso.

"Grazie, tappeto," disse Aladdin sperando che lo capisse. "Dobbiamo salvare Jasmine. È in pericolo. Posso condurti io lì ma dobbiamo andarcene ora.

Capitolo 14

Jasmine

La mattina dopo la sua notte con il Genio, Jasmine balzò fuori dal letto con un sussulto. Che cosa aveva fatto? Sapeva che era un sogno, ma sembrava così reale. Poteva ancora sentire la pelle del genio sotto le sue dita. Poteva percepire le mille carezze delicate del Genio sulla sua pelle. Non poteva negare l'attrazione che provava per l'uomo che per la prima volta era comparso nei suoi sogni anni fa, ma doveva essere innamorata di Aladdin.

Ma, cosa provava veramente per Aladdin adesso? C'era stato un periodo, dopo il rapimento, in cui pensava solo a lui. Credeva che sarebbe arrivato a salvarla. Ma quando ciò non accadde, la delusione le spezzò il cuore.

Era perché non era riuscito a trovarla? Non poteva certo dire che non fosse in grado di raggiungerla. In una notte, avevano fatto il giro del mondo sul suo tappeto magico. In tal caso, Jasmine non riusciva a capire perché Aladdin non fosse mai venuto.

Si era semplicemente dimenticato di lei? Era la conclusione a cui era arrivata. Forse dopo la loro notte insieme lui aveva ottenuto tutto ciò che voleva da lei. O forse, il suo travestimento da ragazzo lo aveva affascinato solo per un po'. Magari, dopo che se n'era andata, Aladdin non aveva più sentito il bisogno di fingere di provare ancora dei sentimenti per lei. Forse considerava la sua scomparsa come una benedizione sotto mentite spoglie.

Questi erano tutti i pensieri che avevano attraversato la mente di Jasmine durante i suoi mesi di prigionia. Anche se non si era mai soffermata sulla spiegazione del perché lui non fosse mai arrivato, tutti quei pensieri le avevano permesso di credere che lui non sarebbe venuto ma più.

Ciò che Jasmine non riusciva a comprendere, però, era perché quella mattina pensava solo ad Aladdin. Era semplicemente perché la prima volta che aveva visto il suo uomo dei sogni nella realtà, lui stava accanto ad Aladdin? Poteva essere quella la ragione? O c'era una verità nascosta?

Forse la verità era che Jasmine si era sentita veramente a pezzi quando Aladdin non era venuto a salvarla. Forse lo amava più di quanto potesse ammettere a se stessa. Forse la notte con il Genio l'aveva costretta a riflettere sui suoi sentimenti per Aladdin sotto una luce nuova. Forse, nonostante l'attrazione che provava per il

Genio, il suo cuore apparteneva veramente ad Aladdin…
e lei lo aveva tradito.

Come la realizzazione dei suoi sentimenti
cominciò a farsi strada, Jasmine si sentì orribile. Voleva
vomitare. La sua notte con il Genio era stata la più
incredibile della sua vita, ma aveva tradito l'uomo che
amava.

Era tutta colpa del Visir, pensò Jasmine. Era per
colpa sua che si sentiva così. Era per colpa sua se non si
era semplicemente sposata con Aladdin. Ed adesso per
colpa sua se stava lì, nella sua gabbia dorata, straziata
dalla solitudine.

Il Visir doveva morire. Doveva ucciderlo. Fu
mentre stava ideando un piano per farlo che vide
qualcosa che non pensava di rivedere mai più.
Guardando fuori dal balcone dalla sua stanza, lo vide.
Dopo mesi di speranze e desideri, e poi di rinuncia
perché il suo desiderio faceva troppo male, vide
avvicinarsi un tappeto magico.

Jasmine si alzò sbalordita. Come poteva essere
possibile? Perché solo ora? Perché, dopo aver compiuto
l'atto definitivo di tradimento, lui era qui adesso?

Se era stata una prova, non l'aveva superata. Il
suo cuore si sollevò tanto quanto si era abbassato. E
mentre lui entrava volando dalla sua finestra aperta,
Jasmine non poté fare altro che stare a guardare.

“Jasmine, sono qui per salvarti,” disse Aladdin, raggiante di eccitazione appena scese dal tappeto sul pavimento ai piedi del suo letto.

Jasmine, ancora senza parole, tirò su il lenzuolo fino al collo. Non voleva sembrare terrorizzata, ma, in un certo senso, lo era.

“Jasmine, sono io, Aladdin. Sono venuto a salvarti.”

Più Jasmine fissava il ragazzo che amava, più tornavano alla mente i suoi sentimenti. Il suo cuore si gonfiò come un palloncino e quando non riuscì più a contenerlo, scoppiò.

“Mi dispiace,” fu l’unica cosa che Jasmine riuscì a dire.

“Per cosa?” chiese Aladdin completamente confuso.

“Mi dispiace tanto,” disse lei, con le lacrime che le scendevano sulle guance.

“Perché scusa? Se c’è qualcuno che deve chiedere scusa, quello sono io.”

Aladdin salì ai piedi del suo letto e si mise in ginocchio.

“Ho fatto di tutto per arrivare prima qui. Te lo giuro, ho fatto di tutto. So che è stato terribile per te qui. Me l’ha detto il Genio.”

“Aspetta, il Genio? È ancora il tuo Genio?” chiese Jasmine con un barlume di speranza.

"No. Non esattamente. È più un amico. Ho questo anello. C'è una parte di lui dentro. È ancora collegata alla parte di lui che è qui. Mi ha tenuto al corrente di quello che ti stava succedendo. Mi parla nei sogni," disse Aladdin ritrovando la sua eccitazione.

"Ti appare nei sogni?" chiese Jasmine, realizzando l'intera portata del suo tradimento.

I suoi momenti con il Genio non erano stati solo sogni. Era stata con lui, almeno con una parte di lui. E mentre il Genio la seduceva, era anche in contatto con Aladdin.

"Oh Aladdin, credo di aver fatto qualcosa di sbagliato. Riguarda il Genio," disse lei, inginocchiandosi di fronte ad Aladdin. Si sentiva vulnerabile come un neonato.

"Il Genio? Gli è successo qualcosa? Che cosa c'è che non va?" chiese Aladdin con disperazione negli occhi.

"No. Non è quello. È… è venuto a trovare anche me nel sonno. È venuto da me ieri notte," disse Jasmine, timorosa di dire altro.

Aladdin si bloccò. Ricordò il desiderio che aveva espresso al Genio. Aveva voluto che il genio facesse provare a Jasmine la stessa sensazione di benessere che lui aveva provato.

"C'è qualcosa che non va? Non è stato bello?"

Jasmine fissò Aladdin, confusa. "Cosa intendi?"

"Hai detto che il Genio ti è apparso in sogno la scorsa notte. Quello che ha fatto, non ti è piaciuto?" Aladdin chiese nervosamente.

Gli occhi di Jasmine si strinsero nel tentativo di capire cosa stesse succedendo. "Voglio dire, credo di sì."

"Non ti è piaciuto quello che è successo con il Genio?" Aladdin chiese con esitazione.

La bocca di Jasmine si spalancò. "Sai cosa è successo con il Genio?"

"Ora ho paura di dirlo. La verità è che io e il Genio siamo diventati più che amici. E lui mi ha detto che prima che tu mi incontrassi, anche tu ed eri diventata più che amica con lui. Non è vero?"

Jasmine si stese all'indietro iniziando a mettere insieme tutti i pezzi. "Sì, è vero."

"Mi ha detto che ti piaceva passare del tempo con lui. Si è sbagliato?"

Jasmine guardò Aladdin sorprendentemente stupita. "No. Aveva ragione. Prima di stare con te, stare con lui era il culmine della mia vita."

"È un bene", disse Aladdin con entusiasmo. "Per questo gli ho chiesto, voglio dire, se anche tu volevi, di aiutarti a vivere la notte più bella della tua vita. Non è stato bello?"

"Gli hai chiesto di farmi questo?"

"Voglio dire, non so cosa ha fatto. E solo se tu lo desideravi. Lo desideravi?"

Jasmine sorrise. "Ma non capisco. Se sapevi che saresti stato qui oggi, perché gli hai chiesto di… sai?"

Aladdin inspirò profondamente ripensando a tutto quello che aveva attraversato per arrivare lì. Poteva sentire le emozioni che lo stavano sopraffacendo. "Perché non sapevo se avrei mai potuto rivederti", disse sentendosi sopraffatto dalle emozioni. "Ero molto spaventato, Jasmine. Ma dovevo vederti ancora. Ho commesso troppi errori…" disse scoppiando in lacrime.

Il cuore di Jasmine si strinse per il bellissimo, premuroso e affettuoso ragazzo di fronte a lei. Senza dire una parola, lo strinse tra le sue braccia. Lo amava. Non c'era alcun dubbio. Se fosse stato possibile, non avrebbe voluto mai separarsi da lui.

"Grazie per essere venuto, Aladdin," disse, sopraffatta dall'amore. "Grazie per aver attraversato tutto quello che hai attraversato. E grazie per aver mandato il Genio. È stata la notte più bella della mia vita. E grazie a te."

Aladdin si allontanò e guardò negli occhi grati di Jasmine. L'espressione sul suo volto rese tutto quello che aveva passato degno di essere vissuto.

"Ora," cominciò Jasmine, "Dobbiamo andarcene. Ma prima dobbiamo salvare mia madre."

"Non dobbiamo salvare solo tua madre. Dobbiamo salvare anche il Genio. Dobbiamo trovare la sua lampada."

"Come facciamo a trovarla?"

"Il mio anello ci condurrà alla lampada."

Aladdin sollevò la mano e le mostrò l'anello con la grande pietra blu. "Si illumina quando è vicina."

"Quanto è vicina?"

"Bè, adesso non si illumina, quindi non lo so. Ma posso dire che è da qualche parte nel palazzo."

Gli occhi di Jasmine brillavano guardando Aladdin. "Allora, andiamo a prenderla."

Aladdin, sentendosi più forte di quanto non si fosse sentito da molto tempo, prese la mano di Jasmine e la guardò dritta negli occhi. "Andiamo a prenderla."

Preparando un piano, Jasmine e Aladdin salirono sul tappeto magico.

"Aggrappati," disse Aladdin mettendo un braccio attorno a lei e facendola chinare in avanti.

Il tappeto, arrotolando la parte anteriore di sé stesso come un paraurti, girò intorno alla stanza. Volando attraverso l'arco e fuori dal balcone, il tappeto cambiò direzione e volò verso l'uscio della camera di Jasmine come un ariete. All'impatto, la porta di legno esplose in mille schegge.

Dall'altra parte, una guardia si piegò sorpresa. Il tappeto, continuando la sua corsa, atterrò la guardia e la stese al suolo svenuta. Aladdin guardò il suo anello sbirciando oltre il bordo del tappeto.

"A destra, tappeto," gli ordinò prima di sentire la forte presa del tappeto quando fecero la curva.

I tre andarono avanti, curva dopo curva. Quando una guardia si frappose tra loro e dove dovevano andare, la buttarono fuori strada. I tre sapevano cosa dovevano fare. E quando l'anello di Aladdin si illuminò di un brillante azzurro intenso, Jasmine capì dove stavano andando.

"Rallenta," sussurrò Jasmine. "So dove si trova."

Il tappeto ascoltò e rallentò proprio una curva prima di dove dovevano arrivare.

"L'ufficio di mio padre è dietro l'angolo. Deve essere lì che si trova il Visir."

"E se la lampada è lì, significa probabilmente che lui la sta portando con sé."

Jasmine rifletté per un momento. "Questo potrebbe essere un problema."

"Perché?"

"Ho sentito il Visir esprimere un desiderio."

"Un secondo desiderio? Quale era?"

"Ha desiderato che il Genio lo proteggesse."

"Allora, probabilmente anche il resto del Genio è lì dentro," dedusse Aladdin.

"Cosa faremo?"

"Non lo so. Ma dobbiamo fare qualcosa."

"Hai detto che una parte del Genio è nell'anello. Potrebbe aiutarci quella parte del Genio?"

Aladdin guardò l'anello. Non c'era modo che potesse parlare al Genio adesso. Anche quando era più rilassato, poteva solo a volte parlare al Genio. Se non altro, doveva almeno essere esausto. Ma aspettando di affrontare il suo più grande nemico, era energico e vigilante quanto mai.

"Non credo possa."

"Forse questa è una cattiva idea," suggerì Jasmine dopo un momento di riflessione. "Forse dovremmo solo trovare mia madre e andare. Potremmo sempre tornare per il Genio."

"E cosa succederà quando si renderà conto che voi due siete sparite? Se ha ancora un desiderio da esprimere, potrebbe catturarti di nuovo e volare ancora più lontano. Oppure, potrebbe semplicemente ucciderci.

"Credo che questa sia la nostra unica opportunità per salvare il Genio e sconfiggere il Visir. Solo in questo momento abbiamo l'elemento sorpresa. Dobbiamo sfruttarlo."

"E adesso, cosa facciamo?"

Aladdin meditò per un secondo, guardando il suo anello. Era innamorato del Genio che risiedeva nell'anello. E era sicuro che quel Genio fosse innamorato di lui.

Sfidare la volontà di un Genio onnipotente era un compito impossibile. Ma, forse, pensò, c'era un altro modo.

"Potrei avere un piano," disse a Jasmine.

"Quale?"

Aladdin prese fiato, cercando di parlare.
Tentando di formulare le parole, si rese conto del rischio,
e di quanto l'idea fosse improbabile.

"Ti fidi di me?" chiese Aladdin con uno sguardo
vulnerabile nei suoi occhi.

Jasmine fissò il ragazzo al suo fianco. Non era
mai stata una persona troppo fiduciosa. E a causa di tutto
quello che era successo, la sua fiducia negli altri era
ancora minore.

Comunque, quello era Aladdin. Era venuto per
lei. Aveva mandato il Genio per lei. Era stato lui a
prendersi cura di lei quando era Jamar, e che era disposto
a sposarla non per un altro motivo se non per liberarla.

"Sì, ho fiducia in te," disse Jasmine, mostrando
ad Aladdin un sorriso caldo e rassicurante. "Allora, segui
il mio comando."

Aladdin offrì la sua mano a Jasmine. Lei la
guardò, la prese, e poi si avvicinò per dargli un bacio
sulle labbra. Nella mente di Jasmine iniziò una danza di
emozioni sentendo le sue forti labbra contro le sue. Era
certa che lo amava. E, indipendentemente da quello che
sarebbe accaduto, tutto sarebbe andato bene finché
avesse potuto passare il tempo che le rimaneva con lui.

I due si allontanarono e concentrarono di nuovo
la loro attenzione su quello che sarebbe successo dopo.
Volando giusto oltre la curva, potevano vedere le tre
guardie davanti alla porta. Preparandosi, Aladdin diede il
segnale al tappeto di indietreggiare e prendere velocità.

Virando di scatto attorno all'angolo, il tappeto si lanciò verso le guardie, non dando loro il tempo di parlare. In un attimo, finirono a terra. Non si muovevano, ma Jasmine era certa che si sarebbero alzati presto.

"Sei pronta?" chiese Aladdin a Jasmine, non essendo sicuro nemmeno lui.

"Sono pronta," rispose Jasmine, sapendo che Aladdin l'avrebbe protetta.

Aladdin le offrì il suo braccio. Jasmine lo prese a braccetto e i due si saldarono in quella posizione.

"E allora, qui non ci resta che tentare. Portaci dentro, tappeto."

Con l'urto impostato, il tappeto si avvolse attorno ai suoi due passeggeri e si gettò attraverso la porta dell'ufficio del Visir. All'interno, Visir e il Genio sembravano aspettarli. Tutto quello che Aladdin ebbe il tempo di fare fu di alzare il dito con l'anello prima che, in un lampo, il Genio senz'anima LI afferrasse loro tre, rendendoli inoffensivi.

"Anello, fallo ora," ordinò Aladdin. Non accadde nulla. "Anello, fallo ora! Perché non succede niente? Non capisco."

Il Visir osservò Aladdin e Jasmine che lottavano. Rideva.

"Cosa pensavi che sarebbe successo?" chiese divertito.

"Vedrai. Devo solo…" Aladdin lottò per liberarsi dalla presa di ferro del Genio.

"Aladdin, Aladdin, Aladdin. Devo dire che non mi sorprende affatto vederti. L'unica cosa che mi sorprende è quanto tempo ti sia voluto per arrivare qui. Cosa è successo? Il tuo tappeto magico era a corto di magia? O ci hai messo tanto a capire se lei valeva la pena di essere salvata?"

"Ora, anello. Fallo ora!" disse Aladdin, concentrando tutta la sua attenzione sull'anello.

"Oh sì, l'anello. Il mio anello, per l'esattezza. Presumo che sia grazie a quello che mi hai trovato me e la lampada," disse, sollevando la sua tunica per mostrare la lampada appesa alla sua cintura.

"Ovunque tu lo porti, l'anello ti ritroverà," gli disse Aladdin.

"E, su quello, hai ragione. Quel anello condurrà sempre chi lo indossa direttamente a me. Questo, ovviamente, se l'anello esiste."

Il Visìr si avvicinò ad Aladdin, afferrò l'anello ed iniziò a sfilarglielo lentamente dal dito.

"No, è mio," proclamò Aladdin. "Rendimelo."

Il Visìr non diede attenzione ad Aladdin fino a quando non tornò alla sua scrivania. Posando l'anello sul tavolo, prese un fermacarte. Il fermacarte era pesante e Visìr faticò nel sollevarlo.

"Non farlo, Visir," disse Aladdin disperato. "Te ne pentirai. Te ne farò pentire."

"Non mi pentirò di niente!" urlò il Visir prima di gettare il peso giù, frantumando la gemma in mille pezzi.

Capitolo 15

Genio

Per migliaia di anni, il Genio aveva terrorizzato le creature della terra. Molti degli esseri umani si riferivano addirittura al Genio come al diavolo. Generazioni di persone avevano dipinto il Genio sulle pareti delle caverne come una mostruosa creatura con corna e zanne pronta a divorare i loro figli.

Il Genio non era mai stato così malvagio, ma si divertiva a far soffrire gli esseri umani. Erano come formiche per lui e ogni tanto, al Genio piaceva pestare un formicaio. Non lo considerava un grande male. Gli piaceva semplicemente vedere tutte quelle piccole formiche umane disperdersi.

Tuttavia gli angeli gli avevano teso una bella trappola. Un angelo aveva finto di essere un umano disposto a fare qualsiasi cosa per realizzare il suo desiderio. Questo era ciò che il Genio trovava più divertente. Il linguaggio umano era così impreciso che tutto ciò che doveva fare era dare agli umani quello che volevano e avrebbero distrutto il loro formicaio.

Non era quello che era accaduto l'ultima volta, però. Una volta che l'angelo travestito da umano aveva trovato il Genio, lui era stato rapidamente circondato dagli amici dell'angelo. Pensando che lo avrebbero distrutto, il Genio aveva fatto del suo meglio per difendersi. I poteri degli angeli, però, erano pari ai suoi. Così, unendosi, gli angeli lo sconfissero inchiodandolo al punto in cui si trovava.

"Non potete uccidermi. Sono stato creato da Allah stesso," dichiarò il Genio.

"Noi non uccideremmo mai ciò che Allah ha creato. Ma ti aiuteremo a diventare una versione migliore di te stesso. D'ora in poi, sarai vincolato allo stagno di petrolio su cui ti trovi. Lì, sarai obbligato a esaudire i desideri degli umani. Se resisti, ti distruggerai da solo. E, esaudirai i desideri degli umani fino a quando non avrai imparato a valorizzare le creature di Allah. Lo farai fino a quando non imparerai ad amarli."

Il Genio rimase vincolato a quel laghetto di petrolio per centinaia di anni prima che il primo umano scoprisse la sua capacità di esaudire desideri. Da allora, gli umani arrivarono frequentemente. E quando le tribù nomadi si stabilirono e scoprirono come utilizzare il petrolio nelle lampade, il Genio venne inconsapevolmente raccolto, rimanendo legato per sempre alla lampada.

Nelle migliaia di anni in cui il Genio aveva esaudito desideri, si avvicinò pochissimo ad amare i suoi avidi padroni. Non fu fino a quando separò una parte di sé e quella parte fu in grado di cercare sulla terra qualcuno che potesse liberarlo, che fece progressi.

Essendo onnipotente, la parte che il Genio aveva separato, era la parte di lui che poteva vedere dove sarebbero cadute le biglie prima che lo facessero. Alcuni pensavano che i Geni avessero la capacità di vedere il futuro, ma non era così. Ciò che avevano era un livello di conoscenza più avanzato.

Un neonato potrebbe non sapere cosa succederebbe se strisciasse oltre un ciglio, ma un adulto sì. Lo stesso valeva per i Geni. La parte di sé che il Genio aveva separato era in grado di vedere diversi passi avanti. E quella parte di lui individuò due persone, Jasmine e Aladdin.

Uno poteva aver guardato la Principessa e un orfano senza tetto e pensare che i due non si sarebbero mai incrociati. Ma il Genio, non solo sapeva che potevano incrociarsi, ma sapeva cosa sarebbe successo se lo avessero fatto. Da soli, non erano speciali. Ma, se avessero avuto il giusto incoraggiamento e il giusto supporto, quella coppia poteva essere magica.

Questo intuito, e il ruolo che il Genio avrebbe giocato nella loro unione, non tornarono mai al resto del Genio. L'anello era stato progettato per permettere alla parte perspicace di lui di lavorare in modo indipendente.

Quella parte avrebbe tirato tutte le corde necessarie per portare i tre nello stesso posto. E quel posto era lì, con il Genio sotto il controllo del Visir, e la vita dei suoi due giovani amanti in bilico.

Quando il Visir distrusse la gemma, fece qualcosa che non si aspettava. Ricollegò il Genio senza anima alle parti di sé che aveva perso. Quindi, questo significava che dopo centinaia di anni di separazione, il Genio era di nuovo intero.

"Genio, sono pronto a esprimere il mio terzo desiderio," disse Visir con un sorriso maligno. "Uccidili. Ma non voglio che sia una morte veloce. Voglio che sia una morte lenta. Molto lenta. E voglio che sia il dolore più grande che abbiano mai provato nella loro vita. Mentre fai questo, voglio che tu uccida tutti quelli che amano. Voglio che tu lo faccia mentre loro guardano.

"Questo è il mio desiderio finale, Genio. Ora, esaudiscilo," sibilò il Visir.

Sentendo il desiderio del Visir, un grande tumulto iniziò dentro il Genio. Duecento anni di ricordi e mesi di intenso amore tornarono a galla. Questi ricordi erano quelli accumulati dal Genio dell'anello. Improvvisamente il Genio poté ricordare tutto.

Il Genio ricordava di aver cercato in tutto il mondo qualcuno da amare e poi di aver trovato solo questi due. Ricordava di essersi lentamente innamorato di Aladdin, e quanto Aladdin significasse per lui. Ricordava come, in 10,000 anni di esistenza, e tra tutte le persone che aveva mai incontrato, come questi due fossero i prescelti.

"No," disse il Genio tenendo ancora Aladdin, Jasmine e il tappeto nel suo pugno.

"Cosa hai detto?" chiese sorpreso il Visir.

"Ho detto, no," ripeté il Genio lasciando andare i tre.

"Cosa stai facendo? Ti sto comandando. Devi esaudire il mio desiderio. Ti ordino di esaudire il mio desiderio," disse Visir cominciando a impaurirsi.

"No!" disse Genie prima di cadere in ginocchio.

Un rumore assordante risuonò nelle orecchie del Genio. Poteva sentire il suo cervello straziato.

"Fallo, Genio. Fai come ti dico."

"Resisti, Genio. Non devi ascoltarlo," disse Aladdin posando la mano sulla sua spalla.

I rumori erano troppo forti. Il Genio, cadde a terra contorcendosi dal dolore, non riusciva più a resistere. Crollando su se stesso, il corpo del Genio si attorcigliò come un buco nero. E quando non rimase più nulla, esplose in fumo.

Fu allora che la lampada appesa alla cintura del Visir si spaccò. Il rumore fu così forte da spaventare il Visir. Non sapendo cosa stesse accadendo, staccò la lampada e la lanciò sulla scrivania. Il metallo stava fondendo davanti ai loro occhi. Come se avesse ancora dell'olio al suo interno, prese fuoco. Ma le fiamme durarono solo un attimo prima di spegnersi.

"Genio?" chiese Aladdin, non capendo cosa fosse successo.

"È sparito," disse Jasmine, confusa.

"Lo hai distrutto," disse Aladdin, mettendo insieme i pezzi. "L'hai ucciso," disse, guardando il Visir.

Il Visir guardò il volto arrabbiato di Aladdin. Era spaventato.

"No. Si è distrutto da solo. Io non c'entro."

"Gli hai ordinato di esaudire un desiderio che sapeva di non poter soddisfare. L'hai assassinato. Sei un mostro," disse Aladdin lanciandosi contro il Visir.

"No. No," disse il vecchio, scosso dalle potenti mani di Aladdin.

"Ne pagherai le conseguenze. Morirai!"

Con la forza di dieci uomini, Aladdin trascinò il Visir fino al balcone e spinse la sua parte superiore sopra la balaustra. Il Visir cercava di resistere.

"Aiutami. Aiutami!" implorò il Visir.

"Ti ucciderò. Morirai!" gridava Aladdin.

Aladdin stava per far cadere il Visir oltre la balaustra facendolo precipitare a morte quando sentì una voce dolce.

"No, Aladdin," disse il Genio, comparendo all'improvviso dietro di loro.

Sorpreso, Aladdin si voltò e lasciò andare il Visir. Il Visir urlò mentre cadeva ma si fermò improvvisamente. Non volendo staccare gli occhi dal Genio, gettò un rapido sguardo oltre la balaustra. Il Visir era congelato a mezz'aria. Aladdin sapeva che era la magia del Genio a proteggerlo.

"Genio?" chiese Aladdin guardando il suo amico.

"Non fare questo, Aladdin. Non è da te," disse il Genio riportando il Visir oltre la balaustra.

Quando il Visir fu di nuovo visibile, aprì la bocca per parlare quando il Genio disse: "Non sei tu, Aladdin. Sono io."

E così il Visir sparì.

Jasmine, che ancora sentiva ogni muscolo del suo corpo teso, si voltò verso il Genio. "Cosa hai fatto di lui?"

"L'ho mandato… via," rispose il Genio.

Fu solo allora che Jasmine cadde in ginocchio. "È finita. Non posso credere che sia finita," disse, prima di coprirsi il viso con le mani e piangere.

Vedendola, Aladdin si precipitò da lei e le passò le braccia attorno alle spalle. Tornando a guardare il suo amico, Aladdin chiese: "È finita, Genio? Non tornerà più?"

"Non tornerà mai," confermò il Genio.

"E tu, Genio. Che ne sarà di te? Sei libero?"

Il Genio sorrise. "Sì, Aladdin. Dopo migliaia di anni, sono libero. E grazie a te, grazie a voi due."

"Come mai?"

"Siete voi due che mi avete insegnato ad amare," disse il Genio posando la mano sulla spalla di Aladdin.

Aladdin prese un momento per riflettere su ciò che stava succedendo. "Allora, cosa succederà adesso?"

"Adesso?" chiese il Genio.

"Sì. Sei libero. Il Visir è sparito. Cosa succede ora?"

Il Genio sorrise di nuovo. "Ora, ti dono un desiderio."

"Ma tu non devi più farlo," spiegò Aladdin.

"Te lo dono per ringraziarti. È un regalo."

Aladdin rifletté per un attimo su tutto. Guardò Jasmine con le guance bagnate di lacrime. Guardò il balcone del palazzo con il suo sfondo verdeggiante. Sapeva quale sarebbe stato il suo desiderio.

"Genio, dopo 10.000 anni, desidero che tu sia felice," disse Aladdin, dicendolo dal fondo del suo cuore.

"Desiderio esaudito," disse il Genio con un sorriso.

Nonostante il lungo viaggio aereo per arrivarci, quando il palazzo tornò alla città da cui era partito, lo fece in un attimo. Gli alberi rigogliosi che crescevano sui monti circostanti e nelle valli erano spariti. Rapidamente furono sostituiti dai deserti familiari. Erano di nuovo dove tutto era iniziato.

Jasmine, che riconobbe la vista, corse al balcone per goderne. "Aladdin, siamo tornati. Ci ha riportati indietro."

Aladdin guardò il Genio che sorrideva e poi corse al fianco di Jasmine. Non aveva mai visto la città da lì.

"Non capisco, Genio. Perché ci hai riportati qui?" chiese Aladdin, confuso.

"Hai desiderato per me la felicità. Come potrei essere felice se le persone che amo non lo sono?"

"Allora, cosa significa? Rimarrai con noi?" chiese Aladdin con una speranza crescente.

"Hai desiderato che fossi felice, no? Certo che rimarrò," disse il Genio, soddisfatto.

Aladdin si precipitò dal Genio e gli gettò le sue braccia attorno alle spalle larghe.

"E tu, Jasmine? Dici che posso rimanere?" chiese Genio alla ragazza che guardava timidamente i due abbracciarsi.

Il primo tentativo di risposta di Jasmine non riuscì. "Questo significa che voi due mi lascerete?"

Aladdin si girò di scatto sentendo il suo amore. "Perché dovremmo lasciarti?"

"Voi due vi amate. Ora lo vedo."

"Sì, è vero," confermò Aladdin. "E entrambi amiamo te."

Senza dire un'altra parola, Aladdin le offrì la sua mano. Sopraffatta dalla gioia, Jasmine corse verso i due uomini e li abbracciò.

Capitolo 16

Jasmine

Nei giorni successivi, Jasmine apprese di non aver più bisogno di sposarsi per ottenere la sua libertà. Quando suo padre, il Sultano, tornò al palazzo, Jasmine gli rivelò che erano stati lei e i suoi amici a restituire il palazzo e tutti quelli che vi abitavano. Il Sultano continuava a incolpare Aladdin per aver introdotto il Genio nel suo palazzo. Ma Aladdin spiegò il ruolo che il suo consigliere aveva avuto in tutto ciò, e il Sultano divenne un po' più accogliente nei confronti di Aladdin e del Genio.

Nonostante ciò, Jasmine disse a suo padre che da quel momento in poi, non sarebbe più stata una Principessa. Suo padre non capiva il perché. Jasmine fece del suo meglio per spiegare cosa significasse vivere come se fosse la proprietà di qualcun altro e essere barattata come il bestiame. Il Sultano, che aveva tratto vantaggio dalla sua schiavitù, non capiva. Ma Jasmine non dipendeva più dal suo comprendere.

Al suo fianco c'erano non solo Aladdin, ma anche un ragazzo con un potere cosmico fenomenale. Suo padre non poteva più fermarla, anche se avesse voluto. Così, quando i tre decisero di lasciare il palazzo, i suoi genitori li lasciarono andare. Lei era libera. E la prima notte che passarono tutti soli nel loro nuovo posto, Jasmine capì cosa significasse la vera libertà.

"Ricordi la notte che abbiamo… trascorso insieme?" pensò Jasmine quando rimase da sola con Aladdin.

"Certo che me la ricordo. È stata una delle notti più belle della mia vita," le rispose Aladdin.

"Anche per me," disse Jasmine con un sorriso. "Quindi, tu e il Genio, cosa sta succedendo tra voi due?"

Aladdin arrossì subito. "Ehm, non lo so."

"Hai detto che voi due siete stati insieme."

"Sì, nei sogni. Ma non siamo mai…ehm…stati veramente insieme."

"Nella vita reale?" chiese Jasmine incuriosita.

"No."

"Non vorresti?"

Aladdin distolse lo sguardo timidamente.

"Non devi sentirti a disagio. So chi sei, Aladdin. E so che mi ami," disse con un dolce sorriso. "Voglio solo che tu sia felice. Ora, non vorresti stare con il Genio nella vita reale?"

"Vorrei," ammise Aladdin.

"Allora, io voglio che tu lo faccia."

"Quello che abbiamo fatto, lo abbiamo fatto solo nei sogni. Non so se il Genio lo vorrebbe nella vita reale."

"Beh, anche lui ti ama. E c'è solo un modo per scoprirlo," Jasmine gli disse con un sorriso.

Più tardi quella notte, dopo che i tre ebbero cenato, Jasmine lasciò il tavolo e abbracciò il Genio.

"Grazie per tutto quello che hai fatto per noi," gli disse.

"È un piacere servire coloro che amo," le rispose il Genio.

"Sai, ho un desiderio," lei disse con un sorriso.

Il Genio rise. "Qual è il tuo desiderio, mia principessa?"

Jasmine si chinò e lo sussurrò all'orecchio del Genio. "Voglio guardare voi due… insieme."

Il Genio smise di sorridere e guardò Jasmine. Capì che era seria. Il Genio guardò l'uomo con cui aveva trascorso tante notti piene di desiderio. Ogni momento gli era mancato. Si chiedeva come sarebbe stato stare di nuovo con lui.

"Lo faresti per me, Genie?" Jasmine chiese baciando il Genio sulla guancia.

"Il tuo desiderio è un ordine, Principessa." Il Genio rivolse allora la sua attenzione al suo amante. "Aladdin, seguimi," ordinò.

Aladdin guardò il Genio sorpreso. Durante tutte le notti sognate che avevano trascorso insieme, non era mai stato con il Genio intero. Né lui, né Jasmine erano mai stati con lui completamente.

Il Genio di fronte a loro adesso era un po' diverso dalla somma delle sue parti. Era sicuro di sé e irremovibile. Quel Genio parlava e si muoveva come se si aspettasse che il mondo tremasse sotto i suoi piedi, eppure non lo chiedeva mai. Era impossibile non sentirsi al sicuro insieme a lui, così quando il Genio chiese ad Aladdin di seguirlo, lui non ci pensò due volte. Fece come gli era stato detto.

Seguendo i due uomini nella camera da letto, Jasmine aspettò che i due si mettessero uno di fronte all'altro prima di sedersi sul letto. I due uomini si guardarono con desiderio. E quando il Genio si avvicinò e afferrò il giovane corpo di fronte a lui, un calore attraversò il corpo di Jasmine.

I due uomini si baciarono con passione. Non sapeva cosa aspettarsi ma loro si baciarono come uomini. Nessuno di loro era un fiore appassito. Nessuno era disposto a sottomettersi all'altro.

La loro lotta fece pulsare il sesso di Jasmine. Si aggrappò alla carne vestita tra le sue gambe guardandoli.

Afferrando il petto di Aladdin con le sue grandi mani, il Genio trasse a sé il suo amante come una bambola. Gli piaceva il modo in cui Aladdin resisteva. Entrambi sapevano che lui non poteva fuggire, ma ciò aumentava il loro piacere.

Aladdin era suo e lui l'avrebbe avuto come voleva. Quella notte sarebbe stato nella sua forma umana e con Jasmine a guardare. Il Genio avrebbe affermato la sua dominanza su Aladdin e avrebbe fatto gemere il suo giovane amante.

Togliendo la maglietta ad Aladdin, il Genio passò la mano sul petto di Aladdin. La sua pelle era calda. Il Genio infuocò le cose creando delle scintille con le punte delle dita e facendole saltare tra di loro.

Lasciando il petto di Aladdin, il Genio fece strisciare le scintille attorno al corpo di Aladdin. Quasi incapace di muoversi, Aladdin gemette. E quando gli occhi di Aladdin si abbassarono dal piacere, il Genio prese il suo amante e depositò il suo corpo inerte sul letto.

Questo era tutto ciò che Jasmine poteva sopportare. Rapidamente scivolò accanto ad Aladdin e cercò le sue labbra, perdendosi nel suo bacio. Poteva sentire le scintille sulla sua lingua. Questo la faceva sentire viva. Girando la lingua attorno alla sua, la sua mente danzava. E quando sentì una mano che la stava svestendo, non sapeva se era quella di Aladdin o del Genio.

Senz'alcun indumento, Jasmine sentì una mano massaggiarle delicatamente il seno. Era una sensazione meravigliosa. La grandezza della mano le indicava che era di Aladdin. L'idea di ciò la entusiasmava. Desiderava ardentemente essere presa dal ragazzo che amava.

Quando un'altra mano la spogliò dei pantaloni, lasciandola nuda sul letto, Jasmine avvolse la sua gamba attorno alla coscia di Aladdin, sperando che i due potessero fondersi in uno.

Nell'estasi, Aladdin colse il suggerimento. Allontanandosi dal Genio, Aladdin si arrampicò sopra di lei. Sentendo il suo grosso, vigoroso membro contro la sua gamba, si rese conto che anche lui era nudo. Non sapeva quando ciò fosse avvenuto, ma non le importava. Il suo corpo snello e tonico premeva contro il suo e a Jasmine piaceva tutto di lui.

Aladdin separò le sue gambe con i piedi e mosse il suo membro turgido verso la sua vulva anelante. Jasmine stava iniziando a perdere il fiato. La sensazione di Aladdin sopra di lei era incredibile e quando aprì gli occhi per vedere il Genio calare su Aladdin come un cowboy che monta un toro, il suo cuore impazzì. Aveva desiderato vederlo prendere Aladdin, ma mai si era immaginata che lo avrebbe visto da sotto i due.

Quando il membro di Aladdin la penetrò, la sua vulva fremette. Era da tempo che non veniva toccata. Le era mancata talmente quella sensazione, e tanto umida da gocciolare, Aladdin scivolò dentro di lei facilmente.

Colmandola completamente, il membro di Aladdin la toccò in ogni parte. Era una sensazione così piacevole. Con un arcuarsi della schiena, afferrò le lenzuola. Il membro di Aladdin era talmente spesso che tutto ciò che le rimaneva da fare era sdraiarsi lì e godersi ogni centimetro.

Con Aladdin dentro di lei fino in fondo, si fermò. Jasmine pensò che lui stesse godendo la sensazione. Ma non era così. Guardando in alto, scoprì il Genio che avvolgeva la sua grande mano intorno al fianco di Aladdin. Con l'altra mano, stava guidando il suo membro verso l'apertura di Aladdin. L'immagine mozzò il fiato a Jasmine. I due uomini erano entrambi così belli. Amava entrambi così tanto.

Quando il Genio fece penetrare il suo membro spesso e ingombrante nell'ano di Aladdin, Aladdin emise un gemito. Jasmine poteva vedere i suoi occhi. Erano pieni di delizia quanto di paura.

Quando il Genio entrò nuovamente in Aladdin e ne uscì, fu un segnale per Aladdin affinché facesse lo stesso. I piedi di Jasmine si arricciarono di piacere. Non sapeva che potesse sentirsi così bene fuori da un sogno, ma era così. E quando il Genio si mosse nuovamente dentro il suo amante e Aladdin dentro di lei, gli occhi di Jasmine rotearono in estasi.

I due uomini fecero l'amore come un'unica entità. Sotto di loro, Jasmine faceva esperienza di tutto. Non era solo con l'uomo che amava, ma anche lui. Non avrebbe mai immaginato di poter essere così felice. E quando delle scintille saltarono dal corpo di Aladdin ai suoi capezzoli e al clitoride, Jasmine non poté fare altro che lasciarsi andare e raggiungere l'apice.

L'orgasmo le fece girare la testa. Mentre la travolgeva, la sua vista si restringeva. Ad un tratto sembrava che fosse lei stessa a fare l'amore con Aladdin, che fosse Aladdin che faceva l'amore con lei e che veniva preso dal Genio, e fosse il Genio che prendeva Aladdin. Tutti e tre erano un corpo solo.

Penetrando nell'essenza di Aladdin, Jasmine non avrebbe mai potuto immaginare quanto lui potesse sentirsi completo. Era soverchiante. Non avrebbe mai potuto immaginare quanto piacere lui provasse a fare l'amore e a essere posseduto nello stesso tempo. Sembrava che la sua mente stesse scoppiando. E quando il membro del Genio penetrò un'ultima volta nella zona posteriore incredibilmente stretta di Aladdin, poté sentire l'estasi del Genio elevarsi come un uccello nel vento.

Raggiungendo l'orgasmo insieme, i tre condividevano il piacere dell'altro come se fosse il loro. Quando l'ultimo di loro si liberò e si lasciò andare, crollarono in un mucchio di bellissima carne. Jasmine amava i suoi ragazzi. Non importa che cosa sarebbe accaduto nelle loro vite, sapeva che le cose non sarebbero mai state migliori di così.

Sì, nei mesi a venire, Aladdin e il Genio avrebbero recuperato il tesoro del Sultano Mohy al-Din e avrebbero costruito un palazzo tutto loro. E sì, una città sarebbe cresciuta attorno al loro palazzo che alla fine lei avrebbe governato. Ma quel momento, con i suoi due amanti distesi sopra di lei, era il meglio che Jasmine avrebbe potuto mai desiderare.

Jasmine era felice. Era amata. Ed era libera. Non avrebbe voluto nient'altro nella sua vita, oltre a ciò. Per questa ragione, Jasmine si strinse tra le braccia dei suoi due amanti, chiuse gli occhi e si addormentò. Quando si sarebbe svegliata, avrebbe continuato a vivere felice per sempre.

Fine.

*****

'L'Uragano Laine':

L'Uragano Laine
(Storia d'Amore Bisessuale MMF)
Da
Alex McAnders

Diritto d'autore 2020 McAnders Publishing
All Rights Reserved

Un finto fidanzato porta ad una relazione segreta, a incontri bollenti e all'amore, quando dei migliori amici di lunga data si abbandonano ai loro sentimenti e sprofondano in un'indimenticabile storia d'amore MMF.

JULES
Jules ha appena ricevuto un'offerta di lavoro che non sarebbe potuta arrivare in un momento migliore. Pochi giorni prima di finire per strada, incontra per caso

Laine, un vecchio compagno di college, che le fa una proposta abbastanza inusuale: se finge di essere la sua ragazza per qualche settimana, lei e sua madre potranno tenersi la loro casa.

Si scopre, così, che Laine è diventato schifosamente ricco dall'ultima volta che l'ha visto? Ma allora perché avrebbe bisogno di qualcuno che si finga la sua ragazza? E perché cercare nel passato e chiederlo proprio a lei?

LAINE
Laine distrugge le cose. Aziende, mercati, cuori: nulla è salvo una volta che lui gli posa gli occhi addosso. Ecco cosa lo ha reso un miliardario e perché tutti venerano il terreno sul quale cammina il suo presuntuoso culo.... Tutti, tranne un uomo. E, per Laine, quell'uomo è l'unica persona che conta.

REED
Al contrario del suo migliore amico di lunga data Laine, Reed non potrebbe fregarsene di meno dei soldi. Infatti, dopo il college, mentre Laine era impegnato a diventare un imprenditore, Reed si stava trasferendo in una piccola isola delle Bahamas per condurre un programma di doposcuola per i bambini meno fortunati.

La sua è una vita tranquilla… finché Laine non va a trovarlo. Così, quando Laine invita Reed a soggiornare insieme a lui sulla sua isola privata, dicendogli che porterà con sé un'ospite, Reed si prepara a ciò che potrebbe accadere. Ma, per quanto possa sforzarsi, non potrà mai immaginare cosa farà Laine, e quanto ciò potrà cambiare i sentimenti che provano l'uno per l'altro.

'L'uragano Laine' è una sensuale storia d'amore bisessuale piena di risate e colpi di scena. Carica di scene MM, MFM e MMF sufficienti a farvi eccitare al solo pensiero, vi lascerà soddisfatti con il suo immancabile lieto fine.

*****